Del romanzo storico e, in genere, de i componimenti misti di storia e d'invenzione

Alessandro Manzoni

Del romanzo storico e, in genere, de i componimenti misti di storia e d'invenzione

Alessandro Manzoni

Intelligo te, frater, alias in historia leges observandas putare, alias in poemate.
Cic., De legibus I, 1.

[Capisco, fratello, che tu pensi che altre siano le leggi da osservare nella storia, altre nel componimento poetico.] dei coi quei vai nei

AVVERTIMENTO

L'autore sarebbe in un bell'impegno se dovesse sostenere che le dottrine esposte nel Discorso che segue, vadano d'accordo con la Lettera che precede. Può dir solamente che, se ha mutato opinione, non fu per tornare indietro. Se poi questo andare avanti sia stato un progresso nella verità, o un principizio nell'errore, ne giudicherà il lettore discreto, quando gli paia che la materia e il lavoro possano meritare un giudizio qualunque.

PARTE PRIMA

Il romanzo storico va soggetto a due critiche diverse, anzi direttamente opposte; e siccome esse riguardano, non già qualcosa d'accessorio, ma l'essenza stessa d'un tal componimento; così l'esporle e l'esaminarle ci pare una bona, se non la migliore maniera d'entrare, senza preamboli, nel vivo dell'argomento.

Alcuni dunque si lamentano che, in questo o in quel romanzo storico, in questa o in quella parte d'un romanzo storico, il vero positivo non sia ben distinto dalle cose inventate, e che venga, per conseguenza, a mancare uno degli effetti principalissimi d'un tal componimento, come è quello di dare una rappresentazione vera della storia.

Per mettere in chiaro quanta ragione possano avere, bisognerà dire qualcosa di più di quello che dicono; senza però dir nulla che non sia implicito e sottinteso in quello che dicono. E noi crediamo di non far altro che svolgere i motivi logici di quel loro lamento, facendoli parlar così al paziente, voglio dire all'autore:

«L'intento del vostro lavoro era di mettermi davanti agli occhi, in una forma nova e speciale, una storia più ricca, più varia, più compita di quella che si trova nell'opere a cui si dà questo nome più comunemente, e come per antonomasia. La storia che aspettiamo da voi non è un racconto cronologico di soli fatti politici e militari e, per eccezione, di qualche avvenimento straordinario d'altro genere; ma una rappresentazione più generale dello stato dell'umanità in un tempo, in un luogo, naturalmente più circoscritto di quello in cui si distendono ordinariamente i lavori di storia, nel senso più usuale del vocabolo. Corre tra questi e il vostro la stessa differenza, in certo modo, che tra una carta geografica, dove sono segnate le catene de' monti i fiumi, le città, i borghi, le strade maestre d'una vasta regione, e una carta topografica, nella quale, e tutto questo è più particolarizzato (dico quel tanto che ne può entrare in uno spazio molto più ristretto di paese), e ci sono di più segnate anche le alture minori, e le disuguaglianze ancor meno sensibili del terreno, e i borri, le gore, i villaggi, le case isolate, le viottole. Costumi, opinioni, sia generali, sia particolari a questa o a quella classe d'uomini; effetti privati degli avvenimenti pubblici che si chiamano più propriamente storici, e delle leggi, o delle volontà de' potenti, in qualunque maniera siano manifestate; insomma tutto ciò che ha avuto di più caratteristico, in tutte le condizioni della vita, e nelle relazioni dell'une con l'altre, una data società, in un dato tempo, ecco ciò che vi siete proposto di far conoscere, per quanto siete arrivato, con diligenti ricerche, a conoscerlo voi medesimo. E il diletto che vi siete proposto di produrre, è quello che nasce naturalmente dall'acquistare una tal cognizione, e dall'acquistarla per mezzo d'una rappresentazione, dirò così, animata, e in atto.

«Posto ciò, quando mai il confondere è stato un mezzo di far conoscere? Conoscere è credere; e per poter credere, quando ciò che mi viene rappresentato so che non è tutto ugualmente vero, bisogna appunto ch'io possa distinguere. E che? volete farmi conoscere delle realtà, e non mi date il mezzo di riconoscerle per realtà? Perché mai avete voluto che queste realtà avessero una parte estesa e principale nel vostro componimento? perché quel titolo di storico, attaccatoci per distintivo, e insieme per allettamento? Perché sapevate benissimo che, nel conoscere ciò che è stato davvero, e come è stato davvero, c'è un interesse tanto vivo e potente, come speciale. E dopo aver diretta e eccitata la mia curiosità verso un tale oggetto, credereste di poterla soddisfare col presentarmene uno che potrà esser quello, ma potrà anche essere un parto della vostra inventiva?

«E notate che, col farvi questa critica, intendo di farvi anche un complimento: intendo di parlar con uno scrittore che sa e sceglier bene i suoi argomenti, e maneggiarli bene. Se si trattasse d'un romanzo noioso, pieno di fatti ordinari, possibili in qualunque tempo, e perciò non notabili in veruno, avrei chiuso il libro senza curarmi d'altro. Ma appunto perché il fatto, il personaggio, la circostanza, il modo, le conseguenze che mi rappresentate, attirano e trattengono fortemente la mia attenzione, nasce in me tanto più vivo, più inquieto e, aggiungo, più ragionevole il desiderio di sapere se devo vederci una manifestazione reale dell'umanità, della natura, della Provvidenza, o solamente un possibile felicemente trovato da voi. Quando uno che abbia la riputazione di piantar carote, vi racconti una novità interessante, dite di saperla? rimanete appagato? Ora voi (quando scrivete un romanzo, s'intende) siete simile a lui, cioè uno che racconta ugualmente il vero e il falso; e se non mi fate distinguere l'uno dall'altro, mi lasciate come mi lascia lui.

«Istruzione e diletto erano i vostri due intenti; ma sono appunto così legati, che, quando non arrivate l'uno, vi sfugge anche l'altro; e il vostro lettore non si sente dilettato, appunto perché non si trova istruito.»

Potrebbero sicuramente dir la cosa meglio; ma, anche dicendola così, bisogna confessare che hanno ragione.

Ci sono però, come abbiamo detto da principio, degli altri, che vorrebbero tutt'il contrario. Si lamentano in vece che, in questo o in quel romanzo storico, in questa o in quella parte d'un romanzo storico, l'autore distingua espressamente il vero positivo dall'invenzione: la qual cosa, dicono, distrugge quell'unità che è la condizione Vitale di questo, come d'ogni altro lavoro dell'arte. Cerchiamo di vedere un po' più in particolare su cosa si fondi anche quest'altro lamento.

«Qual è, mi par che vogliano dire, la forma essenziale del romanzo storico? li racconto; e cosa si può immaginare di più contrario all'unità, alla continuità dell'impressione d'un racconto, al nesso, alla cooperazione, al coniurat amice di ciascheduna parte nel produrre un effetto totale, che l'essere alcune di queste parti presentate come vere, e altre come un prodotto dell'invenzione? Queste, se avete saputo inventare a modo, saranno affatto simili a quelle, meno appunto l'esser vere, meno la qualità speciale, incomunicabile, di cose reali. Ora, col manifestare una tal qualità in quelle che l'hanno, voi levate al vostro racconto la sua unica ragion d'essere, sostituendo a ciò che i diversi suoi materiali hanno d'omogeneo, di comune, ciò che hanno di repugnante, d'inconciliabile. Dicendomi espressamente, o facendomi intendere in qualunque maniera, che la tal cosa è di fatto, mi forzate a riflettere (e cos'importa che non sia questa la vostra intenzione?) che l'antecedenti non lo erano, che le susseguenti non lo saranno; che a quella conviene l'assentimento che si dà al vero positivo, e che a queste non può convenire se non quell'altro assentimento, di tutt'altro genere, che si dà al verosimile, e quindi, che la forma narrativa, applicata ugualmente all'una e all'altre, è per quella la forma propria e naturale, per l'altre una forma convenzionale e fattizia: che vuoi dire una forma contradittoria per l'insieme.

«E vedete se la contradizione potrebbe esser più strana. Quest'unità, quest'omogeneità dell'insieme, la riguardate anche voi come una cosa importantissima, giacché, dall'altra parte, fate di tutto per ottenerla. Quella lode che 0razio dà all'autore dell'Odissea:

E mentisce così, col falso il vero

Sa in tal guisa intrecciar, che corrisponde

Sempre al principio il mezzo, al mezzo il fine.

fate anche voi di tutto per meritarla, scegliendo e dal reale e dal possibile le cose che possano accordarsi meglio tra di loro. E con qual fine, se non perché la mente del lettore, soggiogata, portata via dall'arte, possa, diremo così, accettarle per una cosa sola come le sono presentate? E venite poi a disfare voi medesimo il vostro lavoro, separando materialmente ciò che avete formalmente riunito! Quell'illusione che è lo sforzo e il premio dell'arte, quell'illusione così difficile a prodursi e a mantenersi, la distruggete voi medesimo, nell'atto del produrla! Non vedete che c'è ripugnanza tra il concetto e l'esecuzione? che con de' pezzetti di rame e de' pezzetti di stagno, congegnati insieme, non si fa una statua di bronzo?»

E a questi cosa risponderemo? In verità, non trovo che si possa dir altro, se non che hanno ragione.

Un mio amico, di cara e onorata memoria, raccontava una scena curiosa, alla quale era stato presente in casa d'un giudice di pace in Milano, val a dire molt'anni fa. L'aveva trovato tra due litiganti, uno de' quali perorava caldamente la sua causa, e quando costui ebbe finito, il giudice gli disse: avete ragione. Ma, signor giudice, disse subito l'altro, lei mi deve sentire anche me, prima di decidere. È troppo giusto, rispose il giudice: dite pur su, che v'ascolto attentamente. Allora quello si mise con tanto più impegno a far valere la sua causa; e ci riuscì così bene, che il giudice gli disse: avete ragione anche voi. C'era lì accanto un suo bambino di sette o ott'anni, il quale, giocando pian piano con non so qual balocco, non aveva lasciato di stare anche attento al contradittorio, e a quel punto, alzando un visino stupefatto, non senza un certo che d'autorevole, esclamò: ma babbo! non può essere che abbiano ragione tutt'e due. Hai ragione anche tu, gli disse il giudice. Come poi sia finita, o l'amico non lo raccontava, o m'è uscito di mente; ma è da credere che il giudice avrà conciliate tutte quelle sue risposte, facendo vedere tanto a Tizio, quanto a Sempronio, che, se aveva ragione per una parte, aveva torto per un'altra. Così faremo anche noi. E lo faremo in parte con gli argomenti stessi de' due avversari, ma per cavarne una conseguenza diversa e da quella degli uni, e da quella degli altri.

Quando voi, diremo ai primi, pretendete che l'autore d'un romanzo storico vi faccia distinguere in esso ciò che è stato realmente, da ciò che è di sua invenzione, non avete certamente pensato se ci sia la maniera di servirvi. Gli prescrivete l'impossibile, niente meno. E per esserne convinti, basta che badiate un momento come queste cose devono esserci mescolate, affinché possano far parte d'un racconto medesimo. Per circostanziare, verbigrazia, gli avvenimenti storici, coi quali l'autore abbia legata la sua azione ideale (e voi approvate dicerto, che in un romanzo storico entrino avvenimenti storici), dovrà mettere insieme e circostanze reali, cavate dalla storia o da documenti di qualunque genere, perché qual cosa potrebbe servir meglio a rappresentare quegli avvenimenti nella loro forma vera, e dirò così, individuale? e circostanze verosimili, inventate da lui, perché volete che vi dia, non una mera e nuda storia, ma qualcosa di più ricco, di più compito; volete che rifaccia in certo modo le polpe a quel carcame, che è, in così gran parte, la storia. Per le stesse ragioni, ai personaggi storici (e voi siete ben contento di trovare in un romanzo storico de' personaggi storici) farà dire e fare, e cose che hanno dette e fatte realmente, quand'erano in carne e ossa, e cose immaginate da lui, come convenienti al loro carattere, e insieme a quelle parti dell'azione ideale, nelle quali gli è tornato bene di farli intervenire. E reciprocamente, ne' fatti inventati da lui, metterà naturalmente circostanze ugualmente inventate, e anche circostanze cavate da fatti reali di quel tempo e di quel luogo; perché qual mezzo più naturale per farne azioni che abbiano potuto essere in quel tempo, in quel luogo? Così a' suoi personaggi ideali darà parole e azioni ugualmente ideali, e insieme parole e azioni che trovi essere state dette e fatte da uomini di quel luogo e di quel tempo: ben contento di poter rendere più verosimili le sue idealità coi propri elementi del vero. E basta questo per farvi vedere che non potrebbe fare tra queste cose la distinzione che voi gli chiedete, o piuttosto non potrebbe tentar di farla, se non spezzando il racconto, non dico ogni tanto, ma ogni momento, più volte in una pagina, non di rado in un solo periodo, per dire: questo è positivo, cavato da memorie degne di fede, questo è di mia invenzione, ma dedotto da fatti positivi, queste parole furono dette realmente dal personaggio a cui le attribuisco, ma furono dette in tutt'altra occasione, in circostanze che non entrano nel mio romanzo, quest'altre che metto in bocca a un personaggio immaginario, furono dette realmente da un uomo reale, ovvero, erano discorsi che correvano per le bocche di molti; e via discorrendo. Dareste voi a un componimento così fatto il nome di romanzo? O trovereste che meritasse un nome qualunque? O piuttosto si può egli concepire un componimento così fatto?

Forse mi direte che non v'è mai passato per la mente di chieder tanto. E lo credo; ma qui si tratta di vedere, non solo cosa esprimano direttamente le vostre parole, ma anche cosa importino logicamente. Siano molti o pochi i casi in cui vorreste che l'autore vi facesse distinguere ciò che c'è di reale nel suo racconto; foss'anche un caso solo; perché lo vorreste? per un vostro capriccio? No, di certo, ma per una bonissima ragione, e l'avete detta voi: perché la realtà, quando non è rappresentata in maniera che si faccia riconoscere per tale, né istruisce, né appaga. Ed è forse una ragione particolare a que' casi, o a quel caso? Tutt'altro: è, di sua natura, una ragione generale, comune a tutti i casi simili. Se dunque vengono altri a lamentarsi di provare lo stesso dispiacevole effetto in altre parti del componimento, non vi par egli che le loro lagnanze meritino soddisfazione al pari delle vostre? Dovete dir di sì, poiché sono fondate su quella ragione medesima: l'esigenza della realtà. Vedete dunque che, imponendo al romanzo storico di farla distinguere o qua o là, gi'imponete in sostanza di farla distinguer per tutto: cosa impossibile, come ho dimostrato, o piuttosto v'ho fatto osservare.

Ecco ora cosa si può dire agli altri:

Il distinguere in un romanzo storico la realtà dall'invenzione, distrugge, secondo voi, l'omogeneità dell'impressione, l'unità del l'assentimento. Ma, di grazia, come si può distruggere ciò che non è? Non vedete che questa distinzione si trova negli elementi necessari e, dirò così, nella materia prima d'un tal componimento? Quando, per esempio, l'Omero del romanzo storico fa entrare nel Wawerley il principe Odoardo, e il suo sbarco in Scozia, in un altro componimento, Maria Stuarda, e la sua fuga dal castello di Lockleven; in un altro, Luigi XI re di Francia, e il suo soggiorno a Plessiz-lez-Tours; in un altro, Riccardo Cor di leone, e la sua spedizione in Terra Santa, e via discorrendo; non fa nulla dal canto suo per avvertirvi che si tratta di persone reali e di fatti reali. Sono loro che si presentano con questo carattere; sono loro che richiedono assolutamente, e ottengono inevitabilmente quell'assentimento sui generis, esclusivo, incomunicabile, che si dà alle cose apprese come cose di fatto: assentimento che chiamerò storico, per opporlo all'altro, ugualmente sui generis, esclusivo, incomunicabile, che si dà alle cose apprese come meramente verosimili, e che chiamerò assentimento poetico. Anzi, il male era già fatto prima che que' personaggi comparissero in scena. Prendendo in mano un romanzo storico, il lettore sa benissimo che ci troverà facta atque infecta e cose avvenute e cose inventate, cioè due oggetti diversi dei due diversi, anzi opposti assentimenti. E voi accusate l'autore di far nascere una tale discordia, e gli prescrivete di mantenere nel corso dell'opera un'unità ch'era già stata portata via dal titolo!

Forse mi direte, anche voi, ch'io esagero le vostre pretensioni, che l'esserci in una cosa degl'inconvenienti inevitabili non è una ragione di aggiungercene degli altri; che, se quell'omogeneità d'assentimento desiderata dall'arte non si può ottenere così interamente, è però un danno gratuito il diminuirla, che, con quell'avvertire espressamente, o col far intendere che la tale o tal altra cosa è positivamente vera, l'autore fa nascere degli assentimenti storici, opposti all'intento dell'arte, dove forse non nascerebbero.

Può darsi; ma cosa potrebbe nascere in vece? Due cose sole, cioè o l'una o l'altra di due cose, opposte né più né meno all'intento dell'arte: l'inganno, o il dubbio.

Può darsi, dico, che il lettore, se non fosse stato avvertito che la cosa raccontata era realmente avvenuta, l'avrebbe presa, e se la sarebbe goduta per una bella invenzione poetica. Ma è forse a questo, che l'arte aspira? Bello sforzo, in verità, bella operazione dell'arte quella che consistesse, non nell'ideare cose verosimili, ma nel lasciar ignorare che le cose presentate da essa sono reali! E bell'effetto dell'arte, quello che dovesse dipendere da un'ignoranza accidentale! giacché, se nell'atto che quel lettore si sta godendo la supposta invenzione poetica, viene uno e gli dice: sappiate che è un fatto positivo, cavato dal tal documento, ecco il pover'uomo trasportato di peso dagli spazi della poesia nel campo della storia. L'arte è arte in quanto produce, non un effetto qualunque, ma un effetto definitivo. E, intesa in questo senso, è non solo sensata, ma profonda quella sentenza, che il vero solo è bello; giacché il verosimile (materia dell'arte) manifestato e appreso come verosimile, è un vero, diverso bensì, anzi diversissimo dal reale, ma un vero veduto dalla mente per sempre o, per parlar con più precisione, irrevocabilmente: è un oggetto che può bensì esserle trafugato dalla dimenticanza, ma che non può esser distrutto dal disinganno. Nulla può fare che una bella figura umana, ideata da uno scultore, cessi d'essere un bel verosimile: e quando la statua materiale, in cui era attuata, venga a perire, perirà bensì con essa la cognizione accidentale di quel verosimile, non, certamente, la sua incorruttibile entità. Ma se uno, vedendo, da lontano e al barlume, un uomo ritto e fermo su un edifizio, in mezzo a delle statue, lo prendesse per una statua anche lui, vi pare che sarebbe un effetto d'arte?

L'altra cosa che potrebbe nascere è che il lettore, non avvertito dall'autore, che una o un'altra cosa, la quale eccita particolarmente la sua attenzione, è cosa di fatto, ma avvertito dalla natura o, per dir meglio, dall'assunto del componimento, che può benissimo esser cosa di fatto, rimanga in dubbio, esiti; e certo senza sua colpa, come contro sua voglia. Assentire, assentir rapidamente, facilmente, pienamente, è il desiderio d'ogni lettore, meno chi legga per criticare. E si assente con piacere, tanto al puro verosimile, quanto al vero positivo: ma, l'avete detto voi, con assentimenti diversi, anzi opposti: e, aggiungo io, con una condizione uguale in tutt'e due i casi; cioè che la mente riconosca nell'oggetto che contempla, o l'una o l'altra essenza, per poter prestare o l'uno o l'altro assentimento. Dissimulando la realtà della cosa raccontata, l'autore sarebbe riuscito, secondo il vostro desiderio, a impedire un assentimento storico, ma levando insieme al lettore il mezzo di prestarne uno qualunque. Effetto contrario anch'esso, quanto si possa dire, all'intento dell'arte; poiché, qual cosa più contraria all'unità, all'omogeneità dell'assentimento, che la mancanza dell'assentimento?

Ed è appunto per prevenire e l'inganno di cui ho parlato sopra, e questa esitazione, è per non fare al lettore una miserabile marachella, o per servire a un suo probabile desiderio, per non lasciar senza risposta una sua tacita interrogazione, che un autore può essere, in questo o in quel caso, tentato fortemente, e come strascinato a distinguere espressamente la realtà: è perché sente quanto manchi alla cosa rappresentata, mancandole la manifestazione d'una qualità di questa sorte. Non dico che faccia bene; non nego che faccia una cosa direttamente, manifestamente contraria all'unità del componimento: dico che il lasciar lui di farla non servirebbe ad ottenere questa unità. Fa come il povero maestro Iacopo del Molière, che si presenta, ora con la giacchetta di cuoco, ora col camiciotto di cocchiere, perché l'Avaro, suo padrone, vuol che faccia tutt'e due i mestieri, e lui ha accettata una tal condizione.

Ricapitolando ora tutti questi pro e contro, ci pare di poter concludere: che hanno ragione e gli uni nel volere che la realtà storica sia sempre rappresentata come tale, e gli altri, nel volere che un racconto produca assentimenti omogenei, ma che hanno torto e gli uni e gli altri nel volere e questo e quell'effetto dal romanzo storico, mentre il primo è incompatibile con la sua forma, che è la narrativa, il secondo co' suoi materiali, che sono eterogenei. Chiedono cose giuste, cose indispensabili; ma le chiedono a chi non le può dare.

Ma se fosse così, ci si dirà ora, sarebbe in ultimo il romanzo storico che avrebbe torto per ogni verso.

Questa è appunto la nostra tesi. Volevamo dimostrare, e crediamo d'aver dimostrato, che è un componimento, nel quale riesce impossibile ciò che è necessario; nel quale non si possono conciliare due condizioni essenziali, e non si può nemmeno adempirne una, essendo inevitabile in esso e una confusione repugnante alla materia, e una distinzione repugnante alla forma un componimento, nel quale deve entrare e la storia e la favola, senza che si possa nè stabilire, nè indicare in qual proporzione, in quali relazioni ci devano entrare; un componimento insomma, che non c'è il verso giusto di farlo, perché il suo assunto è intrinsecamente contradittorio. Gli chiedon troppo; ma troppo in ragion di che? Della sua possibilità? Verissimo; ma ciò appunto dimostra il vizio radicale del suo assunto, perché, in ragione delle cose, chiedere al vero di fatto, che sia riconoscibile, e chiedere a un racconto, che produca assentimenti omogenei, è chiedere quello che ci vuole per l'appunto. Sono due cose incompatibili, ma dove? Nel romanzo storico? Verissimo ancora: ma peggio per il romanzo storico, perché, in sé, sono due cose fatte apposta per andare insieme. E se ci fosse bisogno d'addurre le prove d'una tal verità, le troveremmo subito in uno de' due generi di lavoro, che il romanzo storico contraffà e confonde, voglio dire la storia. Questa infatti si propone appunto di raccontare de' fatti reali, e di produrre per questo mezzo un assentimento omogeneo, quello che si dà al vero positivo.

Ma, potrà qui forse opporre qualcheduno, s'ottiene egli codesto dalla storia? Produce essa una serie d'assentimenti risoluti e ragionevoli? O non lascia spesso ingannati quelli che sono facili a credere, e dubbiosi quelli che sono inclinati a riflettere? E indipendentemente dalla volontà d'ingannare, quali sono le storie composte da uomini, dove si possa esser certi di non trovare altro che la verità netta e distinta?

Certo, risponderemo, non mancano nella storia fandonie, anzi bugie. Ma è colpa dello storico, e non condizione del componimento. Quando d'uno storico si dice che fa la frangia alle cose, che vi fa un pasticcio di fatti e d'invenzioni, che non si sa cosa credergli, s'intende fargli carico d'una cosa che aveva il mezzo di schivare. E infatti il mezzo c'era, sicuro quanto facile; giacché, qual cosa più facile che l'astenersi dall'inventare? Vedete se vi pare che l'autore del romanzo storico possa far uso di questo mezzo, per schivar, quanto è in lui, d'ingannare il lettore.

È certo ugualmente, che anche dallo storico più coscienzioso, più diligente, non s'avrà, a gran pezzo, tutta la verità che si può desiderare, né così netta come si può desiderare. Ma anche qui non è colpa dell'arte: è difetto della materia. Perché un'arte sia buona e ragionevole, non si richiede che sia propria ad ottenere interamente e perfettamente il suo fine: non ce ne sono di tali. Arte buona e ragionevole è quella che, proponendosi un fine sensato, adopra i mezzi più adattati a ottenerlo fin dove si può, i mezzi che sarebbero adattati a ottenerlo interamente, ne' limiti delle facoltà umane, quando ci fosse la materia corrispondente. De' fatti reali, dello stato dell'umanità in certi tempi, in certi luoghi, è possibile acquistare e trasmettere una cognizione, non perfetta, ma effettiva: ed è ciò che si propone la storia: intendo sempre la storia in buone mani. Non arriva fin dove vorrebbe; ma non ne sta volontariamente indietro un passo. Non supera, a gran pezzo, tutte le difficoltà; ma si guarda bene di crearne veruna. Vi lascia anch'essa qualche volta nel dubbio; ma quando ci si trova essa medesima. Anzi (perché a chi è nella strada giusta, tutto viene a proposito), anche del dubbio la storia si serve. Non solo lo confessa apertamente, ma, all'occorrenza, lo promove, lo sostiene, cerca di sostituirlo a delle false persuasioni. Vi fa dubitare, perché ha voluto che dubitaste; non come il romanzo storico, per avervi eccitato ad assentire, sottraendovi insieme ciò ch'era necessario a determinar l'assentimento. Nel dubbio provocato dalla storia, lo spirito riposa, non come al termine del suo desiderio, ma come al limite della sua possibilità: ci s'appaga, dirò così, come in un atto relativamente finale, nel solo atto bono che gli sia dato di fare. Nel dubbio eccitato dal romanzo storico, lo spirito in vece s'inquieta, perché nella materia che gli è presentata vede la possibilità d'un atto ulteriore, del quale gli è nello stesso tempo creato il desiderio, e trafugato il mezzo. Credo che non ci sarà alcun autore di romanzi storici, o anche d'un solo romanzo storico, a cui non sia capitato qualche volta di sentirsi domandare se il tal personaggio, il tal fatto, la tale circostanza fosse cosa vera, o di sua invenzione. E credo ugualmente, che avrà detto tra sé: Ah traditore! sotto la forma d'una domanda innocente, tu mi fai una critica velenosa: mi protesti in fondo, che il libro t'ha lasciato, anzi t'ha dato il bisogno di tirar l'autore per il mantello. So bene che è merito d'un libro il dar la volontà di sapere più di quello che insegna; ma costì è un'altra faccenda. Le cose che tu desideri di sapere sono cose di cui t'ho parlato; mi chiedi, non d'aggiungere, ma di disfare.

Non sarà fuor di proposito l'osservare che, anche del verosimile la storia si può qualche volta servire, e senza inconveniente, perché lo fa nella buona maniera, cioè esponendolo nella sua forma propria, e distinguendolo così dal reale. E lo può fare senza che ne sia offesa l'unità del racconto, per la ragione semplicissima che quel verosimile non entra a farne parte. È proposto, motivato, discusso, non raccontato al pari del positivo, e insieme col positivo, come nel romanzo storico. E non c'è nemmeno pericolo che ne rimanga offesa l'unità del componimento, poiché qual legame più naturale, qual più naturale continuità, per così dire, di quella che si trova tra la cognizione e l'induzione? Quando la mente riceve la notizia d'un positivo che ecciti vivamente la sua attenzione, ma una notizia tronca e mancante di parti o essenziali, o importanti, è inclinata naturalmente a rivolgersi a cose ideali che abbiano con quel positivo, e una relazione generale di compossibilità, e una relazione speciale o di causa, o d'effetto, o di mezzo, o di modo, o d'importante concomitanza, che ci hanno dovuta avere le cose reali di cui non è rimasta la traccia. È una parte della miseria dell'uomo il non poter conoscere se non qualcosa di ciò che è stato, anche nel suo piccolo mondo; ed è una parte della sua nobiltà e della sua forza il poter congetturare al di là di quello che può sapere. La storia, quando ricorre al verosimile, non fa altro che secondare o eccitare una tale tendenza. Smette allora, per un momento, di raccontare, perché il racconto non è, in quel caso, l'istrumento bono, e adopra in vece quello dell'induzione: e in questa maniera, facendo ciò che è richiesto dalla diversa ragione delle cose, viene anche a fare ciò che conviene al suo novo intento. Infatti, per poter riconoscere quella relazione tra il positivo raccontato e il verosimile proposto, è appunto una condizione necessaria, che questi compariscano distinti. Fa, a un di presso, come chi, disegnando la pianta d'una città, ci aggiunge, in diverso colore, strade, piazze, edifizi progettati; e col presentar distinte dalle parti che sono, quelle che potrebbero essere, fa che si veda la ragione di pensarle riunite. La storia, dico, abbandona allora il racconto, ma per accostarsi, nella sola maniera possibile, a ciò che è lo scopo del racconto. Congetturando, come raccontando, mira sempre al reale: lì è la sua unità. Dove se ne va, o piuttosto, come si forma quella del romanzo storico, che erra tra due mire opposte?

Ci si permetta di prevenir qui un'altra obiezione, ancor meno fondata, ma pure da temersi, perché, in tutte le occasioni simili a questa, non manca mai. Si tratta del romanzo storico, ci si potrà dire, e voi lo paragonate alla storia, dimenticando che sono due specie di lavori, che hanno due intenti, in parte simili bensì, ma in parte affatto diversi.

Ci vuol poco a vedere che una tale obiezione non si fonda che su una petizione di principio. Certo, se il romanzo storico avesse un suo intento, più o meno diverso da quello della storia, ma ugualmente logico, sarebbe una stravaganza l'opporgli l'intento e le leggi della storia. Ma la questione è appunto se il romanzo storico abbia un suo intento logico, e quindi ottenibile; e se possa, per conseguenza, avere delle sue leggi particolari, ordinate a quell'intento. L'intento d'un'arte è condizionato alla materia, o a ciascheduna delle materie che adopra, e aver veduto quali siano le condizioni ingenite e necessarie d'una materia, in un'arte qualunque, è averlo veduto per tutte l'arti esistenti e possibili, che vogliano servirsi della materia medesima. Poiché il romanzo storico prende come parte della sua materia quella che è la propria e natural materia della storia, bisogna bene che, per questa parte, sia messo a paragone con essa. Non è per cagione del titolo, né della forma, né dell'assunto dell'opera, che della verità storica non si può far altro di bono, se non rappresentarla più distintamente che si può; è per la natura della verità storica. Anche l'alchimia aveva un suo intento, diverso in parte da quello della chimica: non le mancava altro, che d'ottenerlo, anch'essa supponeva che ci dovessero essere i mezzi adattati a quell'intento: non le mancava altro, che di trovarli. E nulla è stato più a proposito che l'opporle gli esperimenti e i raziocini della chimica, in quanto lavoravano tutt'e due sui metalli. E si veda come sarebbe parso strano se quella avesse risposto: Codesto anderà bene per la chimica, ma io mi chiamo l'alchimia.

Non ha il romanzo storico un intento suo proprio e insieme logico: ne contraffà due, come ho accennato. Certo, in questa proposizione - rappresentare, per mezzo d'un'azione inventata, lo stato dell'umanità, in un'epoca passata e storica, - c'è un'unità verbale e apparente. Ma la cosa che sarebbe necessaria per costituirne l'unità razionale, voglio dire la corrispondenza d'un tal mezzo con un tal fine, c'è gratuitamente e falsamente supposta. Il mezzo, e l'unico mezzo che uno abbia di rappresentare uno stato dell'umanità, come tutto ciò che ci può essere di rappresentabile con la parola, è di trasmetterne il concetto quale è arrivato a formarselo, coi diversi gradi o di certezza o di probabilità che ha potuto scoprire nelle diverse cose, con le limitazioni, con le deficienze che ha trovato in esse, o piuttosto nella attualmente possibile cognizione di esse; è in somma, di ripetere agli altri l'ultime e vittoriose parole che, nel momento più felice dell'osservazione, s'è trovato contento di poter dire a sé medesimo. Ed è il mezzo di cui si serve la storia: ché, per storia, intendo qui, non la sola narrazione cronologica d'alcune specie di fatti umani, ma qualsiasi esposizione ordinata e sistematica di fatti umani. È questa, dico, la storia che intendo d'opporre ai romanzo storico; e che s'avrebbe ragione d'opporgli, quand'anche essa non fosse altro che possibile. Ma, del resto, chi non sa che ci sono molti lavori di questo genere, e alcuni lodati con gran ragione? lavori, lo scopo de' quali è appunto di far conoscere, non tanto il corso politico d'una parte dell'umanità, in un dato tempo, quanto il suo modo d'essere, sotto aspetti diversi e, più o meno, moltiplici. Trovate forse, che, in questo ramo principalmente, la storia sia rimasta indietro da ciò che un tale intento poteva richiedere, da ciò che i materiali cercati e osservati con un proposito più vasto e più filosofico, potessero dare? che abbia trascurato d'occuparsi di certi fatti, o d'ordini interi di fatti, de' quali non sentiva l'importanza? che non abbia voluto osservare certe relazioni, certe dipendenze reciproche di certi fatti, che pure aveva raccolti, e che ha riferiti, ma come estranei gli uni agli altri, perché, a prima vista, possono parer tali? Gridatela; ma raccomandatevi a lei, perché è la sola che possa riparare le sue omissioni. E c'è qualcheduno che, vedendo in particolare questa possibilità di far meglio, intorno a uno o a un altro momento del passato storico, si metta a una nova ricerca? Bravo! macte animo! frughi ne' documenti di qualunque genere, che ne rimangano, e che possa trovare; faccia, voglio dire, diventar documenti anche certi scritti, gli autori de' quali erano lontani le mille miglia dall'immaginarsi che mettevano in carta de' documenti per i posteri, scelga, scarti, accozzi, confronti, deduca e induca; e gli si può star mallevadore, che arriverà a formarsi, di quel momento storico, concetti molto più speciali, più decisi, più interi, più sinceri di quelli che se ne avesse fino allora. Ma che altro vuoi dir tutto questo, se non concetti più obbligati?

Che se, in vece di trattar col lettore come tratta con sé, di presentare agli altri intelletti, intatta e schietta, l'immagine che, in ricompensa delle sue ricerche e delle sue meditazioni, è apparsa al suo; la ripone, per spezzarla di nascosto, e fare, co' rottami di essa e con una materia di tutt'altra natura, qualcosa di più e di meglio; se, per renderla più animata, vuoi farla vivere di due vite diverse; se prende per mezzo ciò che era il fine; allora la ragione delle cose, la quale non sa nulla di questi progetti, ed è avvezza bensì a mantenere, e con gran puntualità, i suoi impegni, ma non quelli degli altri, non solo non permette che da un tale impasto resulti una rappresentazione più compita d'uno stato reale dell'umanità, ma nemmeno quella meno particolarizzata, che poteva resultare dal ritratto sincero delle cose reali. Ché il positivo non è, riguardo alla mente, se non in quanto è conosciuto; e non si conosce, se non in quanto si può distinguerlo da ciò che non è lui, e quindi l'ingrandirlo con del verosimile, non è altro, in quanto all'effetto di rappresentarlo, che un ridurlo a meno, facendolo in parte sparire. Ho sentito parlare (cosa vecchia e vera anche questa) d'un uomo più economo che acuto, il quale s'era immaginato di poter raddoppiar l'olio da bruciare, aggiungendoci altrettanta acqua. Sapeva bene che, a versarcela semplicemente sopra, l'andava a fondo, e l'olio tornava a galla; ma pensò che, se potesse immedesimarli mescolandoli e dibattendoli bene, ne resulterebbe un liquido solo, e si sarebbe ottenuto l'intento. Dibatti, dibatti, riuscì a farne un non so che di brizzolato, di picchiettato, che scorreva insieme, e empiva la lucerna. Ma era più roba, non era olio di più; anzi, riguardo all'effetto di far lume, era molto meno. E l'amico se n'avvide, quando volle accendere lo stoppino.

Ho serbata per l'ultima l'obiezione più tremenda e più inevitabile: il fatto. Tutte codeste, mi sento dire, saranno belle teorie; ma il fatto le manda a monte. Mi sapreste indicare, tra l'opere moderne e antiche, molte opere più lette, e con più piacere e ammirazione, de' romanzi storici d'un certo Walter Scott? Voi volete dimostrare, con questo e con quell'argomento, che non devano poter produrre un tal effetto. Ma se lo producono.

Obiezione, però, tremenda solamente in apparenza; giacché tutta la sua forza è riposta in un equivoco, cioè nel chiamar fatto una cosa che si sta facendo. Che quei romanzi siano piaciuti, e non senza di gran perché, è un fatto innegabile, ma è un fatto di que' romanzi, non il fatto del romanzo storico: che poi questa specie di componimento continui a piacere, quindi a esser coltivata, è la questione, e non il fatto. In questa, come in tante altre cose, il fatto d'un tempo non è certamente una malleveria del fatto avvenire; e gli esempi di giudizi d'un'età cassati da un'altra sono troppi e troppo spesso rammentati perché ci sia bisogno d'allegarne. Che se, rammentandoli così spesso, e con tanto compatimento, non badiamo poi abbastanza al pericolo di darne de' novi, è perché, ne' giudizi attuali, ci par di vedere qualcosa di più maturo, di più autorevole, di definitivo. E non c'è da maravigliarsene: sono i nostri. Per compatire quelli del tempo passato, siamo la posterità, che non è poco; per fidarci de' nostri, siamo il secolo, che non è meno.

Tra quegli esempi notissimi, ci si permetta però di citarne uno che ha un'analogia importante col nostro argomento. Qual voga maggiore di quella ch'ebbero i romanzi storico-eroico-erotici (non saprei come chiamarli con un nome solo) di M.elle Scudéri , e d'alcuni suoi antecessori e successori meno famosi? e non già in un paese o in un secolo rozzo, poiché era la Francia di Luigi XIV. Basti la testimonianza di Boileau, il quale, nel discorso premesso al dialogo dove canzona que' romanzi, confessa che, «essendo giovine quando facevano più furore, gli aveva letti con grand'ammirazione, come li leggeva ognuno, e gli aveva riguardati come capolavori della lingua francese «Sarebbe certamente una stravaganza, ancora più che un'ingiustizia, il mettere que' lavori del pari co' lavori di Walter Scott. Ma, con tutta la distanza che passa, non solo tra questo e quegli autori, ma anche tra le due specie di componimenti, c'è tra queste, come ho accennato, un'analogia, anzi un'identità importante: l'essere ugualmente romanzi ne' quali ha parte la storia. E non si dica che, in que' primi, la storia non c'era messa che per pretesto, e quasi per burla; che nessuno badava alla storia nel leggere quelle strane vicende d'amori furibondi e platonici, e quelle dissertazioni e dispute sull'amore, più strane ancora delle vicende. Si supponga un poco, che M. Scudéri, in quella sua Clelia già tanto letta , e ancora rammentata ogni tanto, avesse dato il nome di Virginia alla donna oltraggiata da Sesto Tarquinio; avesse fatto di Porsena Il un re della Macedonia, o anche della Gallia Cisalpina; avesse fatto che, per fuggire dal campo nemico, l'eroina del titolo si buttasse a noto nell'Eufrate, o anche nel Po; e si pensi come sarebbe parso strano a que' lettori medesimi, per altro così tolleranti. Non era in essi un'intera e assoluta indifferenza per la veracità della storia ficcata in que' componimenti: era bensì, e solamente, una tolleranza molto maggiore di quella che ora è possibile. Badavano anche loro alla storia, leggendoli: e come no, poiché ce la volevano? Poiché, dico, s'accettavano dal pubblico, e con tanto gradimento, de' componimenti, ne' quali la storia entrava come una parte essenziale, ai quali la storia somministrava delle condizioni fondamentali, non solo di luogo e di tempo, ma di fatti e di persone; bisogna dire che in que' componimenti si voleva la storia. E non si poteva volerla senza badarci. Solo ci si badava meno di quello che ci si badi al presente.

Ora, come è nata una tale differenza? Di punto in bianco, e da un momento all'altro? Non fu così, né poteva essere. Quella tolleranza andò gradatamente scemando: si volle sempre più storia, e in quel dipiù, una maggior quantità di circostanze storiche. E intendo qui parlare, non solo relativamente a quell'effimera e capricciosissima specie di componimenti, ma a qualunque specie di componimenti misti di storia e d'invenzione, come intendo parlare, non d'un progresso regolarmente continuo, d'una tendenza unanime, ma d'un progresso effettivo nell'insieme, d'una tendenza prevalente, facendo astrazione da quelle fermate temporanee, e da quegli accidentali passi indietro, che hanno luogo in qualunque corso d'idee e di fatti. La tolleranza, dico, andò scemando nel pubblico, e, parte in conseguenza di ciò, parte senza di ciò, ma sempre per la medesima cagione, andò scemando l'audacia negli scrittori. Fu qualche volta il pubblico (e in questo comprendo naturalmente, e come parte importante, i critici dì professione), fu qualche volta il pubblico, che, mostrando o col biasimo o col disprezzo, di non poter più soffrire un tal grado, un tal modo d'alterazione della storia, obbligò gli scrittori a metterne di più, e con un maggior corredo di circostanze reali; furono qualche volta gli scrittori, che, o meditando in astratto sull'arte loro, o sentendo, nell'atto pratico della composizione, più vivamente de' foro antecessori o anche de' loro contemporanei, l'importanza e la connessione del vero storico, trovarono qualche nova maniera di dargli un po' più di posto ne' loro componimenti. E ognuno di questi progressi speciali, sia nella teoria, sia nella pratica, poté (come accade d'ogni ripiego a un inconveniente che, in quel momento, dia più nell'occhio) esser trovato bastante. Ma dopo qualche tempo, il desiderio della verità storica, desiderio sempre crescente, per ragioni indipendenti dall'arte, e accresciuto, relativamente all'arte, da quelle modificazioni medesime, fece sentire novi inconvenienti, e cercar novi ripieghi. Ognuna di quelle successive contentature fu un fatto; nessuna, il fatto: ognuna di quelle modificazioni fu un passo; nessuna fu, né poteva esser l'arrivo. Poiché (siamo sempre lì) quale può essere il punto d'arrivo nella strada della verità storica, se non l'intera (relativamente, s'intende) e pura verità storica? Nelle cose formate di parti consentanee, ogni miglioramento d'una parte qualunque serve a render più solido il tutto; in quelle composte d'elementi contrari e incompatibili, il miglioramento conduce alla distruzione.

E con questo siamo venuti a dichiarare espressamente (cosa, del resto, implicita in tutto il detto fin qui) che, opponendo al romanzo storico la contradizione innata del suo assunto, e per conseguenza, la sua incapacità di ricevere una forma appagante e stabile, non abbiamo punto inteso d'opporgli un vizio suo particolare, e d'andar dietro a quelli che l'hanno chiamato e lo chiamano un genere falso, un genere spurio. Questa sentenza inchiude una supposizione, al parer nostro, affatto erronea, cioè che la maniera di congegnar bene insieme la storia e l'invenzione, fosse trovata e praticata, e che il romanzo storico sia venuto a guastare. Non è un genere falso, ma bensì una specie d'un genere falso, quale è quello che comprende tutti i componimenti misti di storia e d'invenzione, qualunque sia la loro forma. E aggiungiamo che, come è la più recente di queste specie, così ci pare la più raffinata, il ritrovato più ingegnoso per vincere la difficoltà, se fosse vincibile.

Ognuno riconoscerà senza dubbio che, per poter portare un giudizio compito sul romanzo storico, era necessario d'entrare in una tale questione. Ma siamo, certo, ben lontani dall'immaginarci che l'opinione da noi espressa su questo punto ci si passi così facilmente. Cercheremo dunque di giustificarla, paragonando l'assunto del romanzo storico con quello dell'epopea e della tragedia, e accennando le variazioni avvenute nella teoria e nella pratica di queste due principali e più illustri forme del genere, per ciò che riguarda la loro relazione con la storia. Variazioni che poterono bensì esser segnate (chi non lo sa? o chi potrebbe dimenticarsene?) da splendidi e perenni monumenti d'ingegno, perché l'ingegno imprime una forma durevole anche alle cose che non avrebbero per sé la ragion di durare; ma variazioni mosse da una cagione ben potente, poiché la bellezza sempre sentita, e l'autorità sempre viva di que' monumenti non bastarono, in nessun tempo, a troncarne il corso. Fabbricati, non solo da mani maestre, ma in parte con istrumenti che hanno persa la loro attitudine, par che dicano a chi più e meglio li guarda: ammirami, e fa altrimenti.

PARTE SECONDA

L'assunto dell'epopea, secondo il concetto generalmente ricevuto d'un tal componimento, è di rappresentare un grande e illustre avvenimento, inventandone in gran parte le cagioni, i mezzi, gli ostacoli, i modi, le circostanze; per produrre così un diletto d'una specie più viva, e un'ammirazione d'un grado più elevato di quello che possa mai fare la semplice e sincera narrazione storica dell'avvenimento medesimo.

Non esito a dire, che se una cosa simile venisse proposta ora com'ora, per la prima volta, e a priori, senza che ce ne fosse alcun esempio di fatto, e solamente come una cosa da potersi fare, la proposta parrebbe strana ai dotti e agl'indotti ugualmente. Chi non avesse, d'un grande e illustre avvenimento qualunque, una notizia circostanziata, e lo conoscesse solamente per quella formola, più o meno astratta, che è, per dir così, il nome proprio degli avvenimenti, non saprebbe intendere come uno potesse invitarlo a occuparsi di quel l'avvenimento, se non appunto per fargliene conoscere le cagioni, i mezzi, gli ostacoli, i modi, le circostanze, e per dar così a quella poverissima e capacissima formola ciò che le manca nella sua mente. Chi poi n'avesse una cognizione più estesa, più circostanziata, troverebbe forse ancora più singolare, per dir poco, il disegno di rappresentarglielo separato da una parte qualunque, non che da una gran parte di quelle condizioni così naturalmente legate, compenetrate con esso, e unito in vece con delle condizioni immaginarie. Disposto a ricevere tutto ciò che potesse o estendere di più, o rettificare il suo concetto, sarebbe ugualmente pronto a opporre a ogni cosa che venisse per alterarlo, quell'incredulus odi, con cui la mente ributta, non solo la specie particolare di falso a cui applicò Orazio tali parole , ma il falso d'ogni genere e d'ogni grado, che si presenti a richiedere un posto già occupato da un vero.

Si veda infatti come gli scrittori di storia, gente che conosce i suoi interessi, e che, al pari di qualunque poeta epico, desidera di produrre e diletto e ammirazione, cerchino, e i moderni particolarmente, di secondare questa disposizione de' lettori. Si veda come si diano premura d'avvertirli che le condizioni reali dell'avvenimento, - grande o piccolo (e tanto più, se grande), o della serie d'avvenimenti che sono per descrivere, erano o poco o male conosciute; che la c'è voluta tutta a nettare quella materia da ciò che ci aveva appiccicato la mala fede degli uni, e l'immaginazione degli altri, che, sulle cagioni e principali e secondarie, sui modi, sulle circostanze, si troveranno ne' loro lavori delle notizie tanto nove e inaspettate, quanto genuine, che in somma le loro ricerche e le loro osservazioni gli hanno messi in caso di sostituire un concetto più ordinato, più intero, più sincero di quello o di quegli avvenimenti, al concetto più o meno alterato e confuso, che se ne poteva aver prima. E a lettori e scrittori che hanno tra di loro un'intesa di questa sorte, e prodotta da tali motivi, si verrebbe a proporre l'alterazione de' concetti de' grandi avvenimenti, come scopo e soggetto d'una nova specie di lavori! Proposta che, a svolgerla appena appena, verrebbe a dire, a un di presso, così:

Tra gli avvenimenti passati di cui rimane la memoria, ce ne sono alcuni che si chiamano grandi e riguardo alle cagioni e riguardo agli effetti; cioè, da una parte, per un concorso straordinario di voleri e d'azioni umane, che cooperarono, anche col loro contrasto, a farli riuscire quali li conosciamo; dall'altra, per una straordinaria mutazione che ne seguì nello stato d'una o di più società. Ognuno di questi avvenimenti ebbe, oltre le sue cagioni principali, una quantità di cagioni secondarie, e anche nate ne' diversi momenti del suo progresso; ognuno ebbe i suoi ostacoli e i suoi aiuti, i suoi ritardi e le sue spinte, i suoi accidenti e i suoi modi speciali e, per dir così, individuali. E, certo, fa un'opera sensata e utile lo storico, a raccoglier tutte quelle notizie, a depurarle, a serbare a ciascheduna cosa, e a ciaschedun uomo il suo proprio modo, il suo proprio grado d'efficienza sul tutto, a studiare e a mantenere l'ordine reale de' fatti, dimanieraché il lettore, ammirando la grandezza e la novità del resultato, lo trovi insieme naturalissimo, anzi relativamente necessario. Ma c'è qualcos'altro da fare, e, in un certo senso, qualcosa di meglio: rappresentare quegli avvenimenti quali avrebbero dovuto essere, per riuscir più dilettevoli e più maravigliosi. E questa, o poeta, è la tua parte. A te dunque a fare una nova scelta tra le parti dell'avvenimento, lasciando fuori quelle che non servono al tuo intento speciale e più elevato, e trasformando come ti torna meglio quelle che ti torna meglio di conservare; a te a trovare delle difficoltà che, secondo te, avrebbero dovuto ritardare o sviare il corso dell'avvenimento, e naturalmente a trovare anche gli sforzi coi quali si sarebbero dovute superare; a te a immaginare accidenti, disegni, passioni e, per far più presto, uomini che avrebbero dovuto averci una parte più o meno importante; a te a disegnar la strada che le cose avrebbero dovuta prendere per arrivare dove sono arrivate.

Ho detto che, se un progetto di questa sorte venisse in questi tempi proposto a priori, parrebbe strano: non temerei di dir troppo aggiungendo che non verrebbe neppure in mente a nessuno.

Anzi, se vogliamo guardare un po' più in là, o piuttosto rammentarci di cose note, si troverà che ciò non accadde in nessun tempo. L'epopea letteraria (della quale l'epopea storica non fu nemmeno la prima forma) non venne al mondo, per dir così, a caso pensato; non fu la realizzazione d'un concetto astratto e anteriore; fu l'imitazione d'un fatto molto, ma molto, diverso. L'epopea primitiva e, dirò così, spontanea non fu altro che storia: dico storia nell'opinione degli uomini ai quali era raccontata o cantata; che è ciò che importa e che basta alla questione presente. Di quella allora creduta storia rimasero due monumenti perpetuamente singolari, l'Iliade e l'Odissea. E quando non poterono più essere accettati per vera e genuina storia: ma nello stesso tempo, riuscivano sommamente dilettevoli, per altre ragioni, e potevano quindi esser considerati anche da un lato puramente estetico; nacque facilmente il pensiero di comporne altri sulla stessa idea, e (perché anche l'imitazione non va per salti) sopra soggetti presi ugualmente dalle tradizioni dell'età favolose. E questa fu la prima forma dell'epopea letteraria; la quale differiva dalla prima in quanto al non avere né l'effetto, né l ' intento d'ottener fede alle cose raccontate; e ne serbava però quella condizione importante del raccontar cose, alle quali non c'erano cose positive e verificabili da opporre. Non era più la storia, ma non c'era una storia, con la quale avesse a litigare. Il verosimile, cessando di parer vero, poteva manifestare e esercitar liberamente la sua propria e magnifica virtù, poiché non veniva a incontrarsi in un medesimo campo col vero, il quale, o volere o non volere, ha anch'esso una sua ragione e una sua virtù propria e che opera indipendentemente da ogni convenzione in contrario. Di questa forma c'è rimasto il monumento, senza dubbio il più splendido, l'Eneide.

Che poi i poemi omerici fossero da principio accettati come storia, s'argomenterebbe abbastanza, quando non ce ne fossero altri indizi, dal sapere che allora non ce n'era altra, e dal riflettere che i popoli non stanno senza storia. De' fatti umani, e principalissimamente di quelli de' loro antenati, vogliono essi conoscere il vero, e ne vogliono conoscer molto, ben lontani dall'immaginarsi che, in una tal materia, si possa cavare un piacere d'altro genere dalla contemplazione del mero verosimile. Quindi quell'ingrossarsi, e quel trasformarsi delle tradizioni, alle quali l'invenzione sostituiva di mano in mano, e con la bona misura, i particolari che non potevano più esser somministrati dalle rimembranze: invenzione, facile, spontanea e, in parte, direi quasi involontaria ne' suoi autori, e che, certo, non era presentata a delle menti desiderose di trovarla in fallo. Del rimanente, che tale fosse e l'autorità e l'origine di que' poemi, nessuno ne dubita, e non è certamente d'uomini tra i meno osservatori o tra i meno eruditi quella congettura, che siano, non già lavori d'un uomo solo, messi, per dir così, in brani da quelli che li cantavano, più o meno fedelmente, al popolo, e rimessi poi insieme; ma una raccolta, una cucitura del lavoro successivo di molti, intorno ai medesimi temi; e che il loro vero autore sia stato l'Omero sperduto dentro la folla de' greci popoli, come dice il Vico , con quella sua originalità, non di rado ancor più dotta che ardita. A ogni modo, quelle storie parlavano alla credulità, non al bon gusto, che non era ancora nato. E si pensi un poco come sarebbero stati accolti i rapsodi se avessero detto, e potuto dire: bona gente, i fatti che siamo per cantarvi, avremmo potuto raccontarveli, per quello che se ne sa, come sono avvenuti, ma per divertirvi meglio, crediamo bene di presentarveli in una forma diversa, arbitraria, levando e aggiungendo, secondo l'arte.

Un esempio più specificato di questo amore rigoroso della verità in gente ascoltatrice avidissima di favole, si può vedere ne' romanzi del medio evo, cantati anch'essi da quella specie di novi rapsodi, chiamati trovatori, giullari, menestrelli: romanzi da' quali provenne la nova epopea, che ne prese il nome di romanzesca. Ecco a questo proposito alcune parole dell'erudito La Curne S.Palayete :

«Pare che da principio la storia sola fosse l'oggetto di que' poemi, se così si possono chiamare de' racconti composti in metro e in rima, per aiuto della memoria...

«È certo che le cronache di san Dionigi erano in gran credito ne' secoli XIII e XIV, e che gli storici non trovava no un mezzo migliore per acquistar fede presso i lettori, che di farsi belli dell'autorità di quelle .»

Tra i passi di que' poeti storici, allegati dal dotto accademico, ne citerò uno d'un Filippo Mouskes, che scriveva nel principio del secolo XIII. Costui, dopo essersi accusato di non aver altre volte usata la dovuta cautela nella scelta de' suoi autori, aggiunge:

... Quant un me conseilla

Que trop obscurement savoie

Les faiz que je ramentevoie,

Et que s'a Saint Denis allasse,

Le voir (il vero) des Gestes y trouvasse,

Non pas menconges ne frivoles;

Bientost après cestes paroles

M'en vins là, et tant esploitai,

Que veu ce que je convoitai,

Lors alai faus apercevant

Quanque j' avoie fait devant;

Si l'ardit (bruciai) con ni deust croire,

Et me pris à la vraie histoire,

Jouste la quele je mesis (messi in carta?) .

E cosa trovavano poi in quelle famose cronache, dato che andassero davvero a consultarle? Trovavano:

«Come cils Kalles (Carlomagno) la conquist toute (la Spagna) entièrement en son tens, et la fist obaïr à ses commandemens;

«Come Fernagus un Jaianz du lignage Goulie estoit venu à la cité de Nadres des contrées de Surie: si l'avoit envoié l'amiraus de Babilone contre Kallemaine pour deffendre la terre d'Espaigne;

«Comment (e questo era uno de' fatti più ricantati) Rollans occist le Roi Marsile, et puis comment il fendit le perron (il masso), quant il cuida despiecer s'espée; et puis comment il sonna derechief l'olifant (il corno), que Kalles oï de VIII miles loing .»

All'osservazione del dotto La Curne, non sarà superfluo l'aggiungerne una simile, ma fondata sopra ricerche molto più vaste, dell'illustre e pianto mio amico Fauriel.

«Ogni autore d'un romanzo epico del ciclo carlovingico, non tralascia mai di darsi per uno storico davvero. Principia sempre col protestare che non dirà cosa che non sia certa e autentica; cita sempre mallevadori, autorità, alle quali rimette coloro di cui ambisce il suffragio. Queste autorità sono ordinariamente certe cronache preziose, conservate nel tale o nel tal altro monastero, delle quali ha avuto la fortuna di potersi servire col mezzo di qualche dotto monaco...

«I termini con cui qualificano le loro novelle sono anch'essi suggeriti da quella pretensione d'averle cavate da documenti venerabili. Le chiamano chansons de vieille histoire, de haute histoire, de bonne geste, de grande baronie, e non è per vantar sé stessi, che usano simili espressioni: la vanità letteraria non ha in loro forza veruna in paragone del desiderio d'esser creduti, di passare per semplici traduttori, per semplici ripetitori di leggende o di storie consacrate .»

Quelle proteste equivalgono all'invocazione omerica della dea figlia della memoria; e fanno vedere come, anche in un tempo di storia scritta, fosse il desiderio di credere, quello che attirava ai racconti epici la parte più indotta della popolazione, cioè la parte che somigliava di più alla popolazione intera de' tempi d'Omero, o degli Omeri, che si voglia dire.

Ma per continuare questi brevi cenni sull'antichità classica (giacché, per fortuna, l'argomento non c'impone di parlare de' fatti analoghi di altre antichità: fatti notabilissimi, ma che non ebbero parte nella genesi dell'epopea di cui trattiamo) è certo che anche in Roma l'epopea comparve in apparenza e con autorità di storia. Che il racconto della fondazione di Roma fosse in gran parte una fattura poetica, era cosa già riconosciuta al tempo di T. Livio ; l'osservazione de' moderni estese questo giudizio, dove con argomenti molto forti, dove con più o meno probabili, ad epoche più avanzate. Ma la più antica forma nella quale que' racconti siano pervenuti fino a noi, è la forma propria della storia, e pare verosimile che abbiano cessato presto d'essere in arbitrio di poeti ciclici, se ci furono mai. Era quello un serioso poema, come dice il Vico del Diritto romano antico ; e non pare che il patriziato romano, custode, conservatore e consacratore d'ogni cosa, avrebbe lasciata in balia de' divertitori e maestri della plebe una storia nella quale erano piantati i fondamenti d'istituzioni fatte per mantenere il suo dominio sulla plebe. Il soggetto di quell'epopea non era un'accidentale e temporaria federazione di principi, per la distruzione d'una Città, e per ritornar vincitori ne' loro rispettivi stati (poveri stati!) a far baruffe tra di loro, dopo averne fatte di strane, anche nel tempo e nel forte dell'impresa. Era la fondazione e il progresso della città (e che città!) di que' patrizi medesimi. Importava poco, anche ai Greci, che Minerva avesse detta una cosa più che un'altra a Pandaro, per indurlo a ferir Menelao o Iride ad Achille, per mandarlo a salvar da' Troiani il corpo di Patroclo; ma non sarebbe stata una cosa indifferente che la fantasia di poeti popolari avesse potuto sbizzarrire sulle conferenze di Numa con Egeria; dalle quali era uscita l'istituzione de' sacerdozi e la norma de' riti e, non che altro, la scienza, rimasta poi arcana per tanto tempo, de' giorni fasti e nefasti . La novella dell'augure Azzio Navio, che opponendosi a Tarquinio Prisco il quale voleva istituire delle nove tribù senza la prova dell'augurio, conferma la sua scienza con un prodigio, bastava a stabilire e a perpetuare l'autorità degli augùri e degli auspìci, senza i quali non si doveva prendere determinazione veruna", e i quali erano attribuzione e proprietà de' patrizi". E sarebbe stata cosa, non solo superflua, ma pericolosa, che dell'altre novelle su una tale materia fossero inventate, a capriccio o maliziosamente, e cantate alla plebe, contro la quale gli auspici erano così spesso adoprati, e della quale servirono a frenar gi'impeti e a interrompere le deliberazioni, anche quando queste erano diventate legali. C'era, tanto nell'epopea greca, quanto nella latina, una donna, cagione, in quella, d'un grande avvenimento, in questa, d'una gran mutazione. Ma d'Elena, moglie d'uno di que' tanti re, si potevano senza inconveniente accrescere e variar le vicende, e quand'anche a Sparta fosse convenuto di tramandarle in una forma unica e consacrata, qual mezzo avrebbe avuto di far chetare il cicalìo poetico del rimanente della Grecia? Lucrezia, matrona, moglie d'uno de' patrizi romani, tanti anch'essi, ma formanti una perpetua unità dominatrice, era la vittima per cui rimaneva santificato il passaggio dall'aristocrazia col re alla più pretta aristocrazia coi consoli: e non era una memoria da abbandonarsi all'arbitrio fecondo delle fantasie.

Quando poi, e fu molto tardi, quella storia poté ritornare in mano de' poeti, ma di tutt'altri poeti, cioè de' poeti letterari, aveva già presa una forma così stabile e distinta, che difficilmente sarebbe potuto venire in mente a nessuno, di farne qualcosa di suo. Era ancora troppo autorevole perché potesse parer conveniente di staccarne un pezzo qualunque, per ingrossarlo con delle favole nove, e trovate tutte in una volta, e da un uomo solo. Questo spiega, se non m'inganno, il perché Ennio, volendo pure farla ridiventar poesia, non trovò da far altro che metterla in versi tutta quanta. E avendo presa questa strada, non fa specìe che tirasse avanti, e continuasse quella storia fino quasi ai suoi tempi, come pare da' frammenti che ci rimangono de' suoi annali. E basterebbe anzi questo solo titolo [Annales, nda] per indicare che il soggetto dell'opera non era un'azione una e compita, avente principio, mezzo e fine, che, come dice Aristotele, e come la intendono tutti, è un costitutivo essenziale del poema epico . Non può quindi Ennio esser riguardato né come un continuatore dell'epopea omerica, e neppure come il fondatore dell'epopea storica; la quale ha comune con quella l'assunto di rappresentare un'azione una e compita, quantunque ne differisca essenzialmente nel prendere il suo soggetto da una materia così diversa, come è la storia dalla favola.

Che, prima d'arrivare a una così forte e così radicale alterazione, l'epopea letteraria e artifiziale, nata (e come sarebbe potuta nascere altrimenti?) dall'imitazione della primitiva e spontanea, cercasse di seguirla, e tentasse d'emularla nel campo della favola; che percorresse uno stadio di mezzo, dirò così, tra l'Iliade e la Farsalia, era una cosa molto naturale. Ma perché un tal tentativo, con tutti gli svantaggi dell'imitare artifizialmente ciò ch'era nato spontaneamente, ciò che ha avuta la sua ragion d'essere da uno stato di cose e di menti che non era più, potesse produrre un'opera originale in un'altra maniera, un'opera, non simile certamente al suo archetipo, ma non inferiore a nulla, ci volle un soggetto unico, come l'Eneide, e un uomo unico per trattarlo, come Virgilio.

In quel soggetto e mitologico e, nello stesso tempo, legato con la fondazione di Roma, trovava il poeta e la feconda libertà della favola, e il vivo interesse della storia. Da una parte, in quella vasta e leggiera nebbia de' secoli eroici, poteva suscitare apparizioni fantastiche, speciosa miracula, inventare a piacer suo, attaccando le sue invenzioni a invenzioni anteriori, celebri quanto la storia, o più, e insieme estensibili di loro natura. Le cognizioni storiche o credute storiche intorno a que' tempi, erano scienza di pochi eruditi; e non voglio dire certamente che, nel secolo d'Augusto, l'epopea potesse serbare tutto quel libero e sicuro andamento della prima ma si pensi quanto deboli e larghe potevano esser per essa quelle pastoie, in paragone di quelle in cui si trovò poi stretta l'epopea storica. Non aveva Virgilio a ficcar gli dei, come fecero poi altri, che credevano d'imitarlo in avvenimenti, il concetto de' quali era già nelle menti compito e spiegato, senza che quegli dei c'entrassero come attori personali e presenti. Li trovava nel soggetto medesimo: non era lui che, per magnificare il suo eroe, lo facesse figliolo d'una dea; né che facesse per la prima volta scender questa a soccorrerlo ferito in battaglia. L'intervento dell'altre divinità in suo favore o contro di lui, era un seguito d'una gara già avviata, d'impegni già presi. E dall'altra parte, quel soggetto, che veniva così a essere quasi una continuazione dell'Iliade, era, cioè poté diventare in mano di Virgilio, il più grandiosamente e intimamente nazionale per il popolo nella cui lingua era scritto. Ché, al di là di tutte quelle vicende poetiche, e come ultimo e vero scopo di quelle, sta sempre Roma; Roma, il soggetto, direi quasi, ulteriore del poema. È per essa, che l'Olimpo si commove, e il fato sta immobile. Qualunque soggetto preso direttamente dalla storia di Roma, oltre al non poter mai diventare tutto poetico (che doveva essere un gran motivo di repugnanza per Virgilio) non sarebbe stato che un episodio di quell'immensa storia. Non poteva esser altro che un'impresa cagionata da imprese antecedenti, e diventata cagione d'altre imprese avvenire; una vittoria che preparava altre guerre; un ingrandimento dell'impero, che gli accostava altri popoli da debellare. Nell'Eneide, Roma è veduta da lontano, ma tutta; e lasciate fare al poeta a attirar là il vostro sguardo ogni momento, e sempre a proposito, sempre mirabilmente. Lasciate fare a lui a rappresentarvene anche direttamente la storia futura; ora in qualche particolare, con de' cenni rapidi e maestri, ora più distesamente, con l'artifizio di bellissime invenzioni poetiche, come la predizione d'Anchise, o l'armi fabbricate da Vulcano. Invenzioni nove o vecchie, poco importa, quando sono passate per le mani di Virgilio.

Poiché, quale virtù di stile poetico si può immaginare maggior della sua? Dico quello stile che s'allontana in parte dall'uso comune d'una lingua, per la ragione (bonissima, chi la faccia valer bene), che la poesia vuole esprimere anche dell'idee che l'uso comune non ha bisogno d'esprimere, e che non meritano meno per questo d'essere espresse, quando uno l'abbia trovate. Ché, oltre le qualità più essenziali e più manifeste delle cose, e oltre le loro relazioni più immediate e più frequenti, ci sono nelle cose, dico nelle cose di cui tutti parlano, delle qualità e delle relazioni più recondite e meno osservate o non osservate; e queste appunto vuole esprimere il poeta, e per esprimerle, ha bisogno di nove locuzioni. Parla quasi un cert'altro linguaggio , perché ha cert'altre cose da dire. Ed è quando, portato dalla concitazione dell'animo, o dall'intenta contemplazione delle cose, all'orlo, dirò così, d'un concetto, per arrivare il quale il linguaggio comune non gli somministra una formola, ne trova una con cui afferrarlo, e renderlo presente, in una forma propria e distinta, alla sua mente (ché agli altri può aver pensato prima, e pensarci dopo, ma non ci pensa, certo, in quel momento). E questo non lo fa, o la fa ben di rado, e ancor più di rado felicemente, con l'inventar vocaboli novi, come fanno, e devono fare, i trovatori di verità scientifiche; ma con accozzi inusitati di vocaboli usitati, appunto perché il proprio dell'arte sua è, non tanto d'insegnar cose nove, quanto di rivelare aspetti novi di cose note; e il mezzo più naturale a ciò è di mettere in relazioni nove i vocaboli significanti cose note. Queste formole non passano, se non per qualche rara opportunità, nel linguaggio comune, perché, come s'è detto dianzi, il linguaggio comune non ha per lo più bisogno d'esprimere tali concetti; e la virtù propria della parola poetica è d'offrire intuiti al pensiero, piuttosto che istrumenti al discorso. Ma quando sono, come devono essere, concetti veri insieme e pellegrini, riescono doppiamente gradevoli. E, non lascerò d'aggiungere, estendono effettivamente la cognizione; per quanto ci siano di quelli che credono filosofia il riguardare come oggetto esclusivo della cognizione, alcune categorie di veri .

Avere accennato ciò che la poesia vuole, è avere accennato ciò che Virgilio fece, in un grado eccellente. Chi più di lui trovò in una contemplazione animata e serena, nell'intuito ora rapido, ora paziente (appunto perché vivo) delle cose da descriversi, nel sentimento effettivo degli affetti ideati, il bisogno e il mezzo di nove e vere e pellegrine espressioni ? E intendo un vero bisogno, giacché chi più alieno di lui dal posporre la locuzione usitata, quando fosse bastante al suo concetto? Ma era frequente il caso che non bastasse, e quindi così frequenti, ma non mai troppi, ne' suoi versi, quegli accozzi di parole così inaspettati e non mai violenti; direi la callida junctura d'Orazio ; ma, per quanto l'espressione sia felice, l'arte di Virgilio par che richieda una qualificazione più gentile e più elevata. E credo che non si possa trovare a ciò parole più adatte, di quelle sue:

Nec sum animi dubius verbis ea vincere magnum

Quam sit, et angustis hunc addere rebus honorem,

quantunque non riguardino che l'applicazione di quell'arte a una specie d'oggetti. E aggiunge:

Sed me Parnassi deserta per ardua dulcis

Raptat amor juvat ire jugis qua nulla priorum

Castaliam molli devertitur orbita clivo .

Che vuol dire: ma io sento d'esser Virgilio. E stavo per dire che, con quello stile, un poema sarebbe un oggetto perpetuo d'ammirazione, qualunque ne fosse stato l'argomento, qualunque l'invenzione delle parti. Ma m'avvedo a tempo, che la supposizione non sarebbe ragionevole. Quello stesso giudizio squisito e sdegnoso, che guidava Virgilio nella scelta dell'espressioni, non gli avrebbe permesso d'attaccarsi a un argomento che non avesse le migliori condizioni, né a invenzioni che non avessero un pregio intrinseco; sia quelle che si fossero presentate alla sua mente, sia le altrui, che trovasse capaci e degne d'esser fatte sue.

Ma ecco che, subito dopo Virgilio, comparisce Lucano, che si può dire il fondatore dell'epopea storica; giacché non si sa, credo, che alcuno prima di lui prendesse per soggetto d'un lungo poema un avvenimento di tempi storici, formato di molti e vari fatti, e avente quell'unità d'azione, che resulta dall'esser questi e legati tra di loro, e conducenti alla conclusione di quello. E non ho detto semplicemente: un avvenimento storico; ma di tempi storici; perché lì è la differenza essenziale tra la Farsalia e l'epopee anteriori. L'importanza della quale non fu, mi pare, abbastanza riconosciuta dai critici; i quali notando in quel poema altre differenze reali, ma secondarie, non s'avvidero ch'erano dipendenti da quella prima e capitale innovazione. Perché la guerra di Troia può essere chiamata, più o meno, un fatto storico, come le guerre civili di Roma; perché un Enea venuto in Italia dopo quella guerra può essere, più o meno, chiamato un personaggio storico come Cesare; poté anche parere che tra i soggetti dell'Iliade e dell'Eneide, e il soggetto della Farsalia non ci fosse una differenza sostanziale, e che le innovazioni di Lucano siano venute da un suo genio particolare, da un capriccio. Ma chi appena ci badi, vedrà, se non m'inganno, ch'erano conseguenze, non necessarie ma naturali dell'aver preso il soggetto del poema da tempi storici, cioè da tempi, de' quali il lettore aveva, o poteva acquistare quando volesse, un concetto indipendente e diverso da quello che all'invenzione poetica fosse convenuto di formarci sopra. Se ci fu capriccio, fu quello.

Di queste innovazioni accennerò le due che furono principalmente notate.

Una, l'avere il poeta seguita servilmente la storia, in vece di trasformarla liberamente. Ma fu perché la storia era nel soggetto; e il poeta doveva scegliere tra il seguirla, o il contradirla, affrontando così e urtando un concetto già piantato nelle menti, e con bone radici .

L'altra, l'avere esclusi gli dei dal poema. Ma fu perché non li trovava nel soggetto. E si può egli dire che sia la stessa cosa il mettere in opera gli elementi d'un soggetto, e l'introducene degli estranei?

I critici che biasimarono Lucano d'aver voluto re, per ciò che riguarda gli avvenimenti, una storia in versi piuttosto che un poema (l'altre critiche a cui andò e va soggetta la Farsalia, sono estranee al nostro argomento), non esaminarono, da quello che mi pare, se, volendo pur comporre in quel tempo un poema epico, c'era da far qualcosa di meglio. Introdurre le divinità mitologiche in un soggetto di tempi storici, e, per poterlo fare con maggior libertà, prendere il soggetto da tempi più remoti? O prendere il soggetto dai tempi favolosi? L'una e l'altra cosa fu fatta con esito poco felice, e non da uomini così sforniti di doti poetiche, che se ne possa dar loro la colpa principale. E sarebbero, certo, più lodati, anzi credo, ammirati, se l'opere di Virgilio fossero perite; perché ammaestrati da lui di ciò che poteva la lingua latina, e imitandolo in quella lingua medesima, poterono, in quanto allo stile, esser forse più continuamente e più arditamente poeti, di quello che le lingue moderne permettano anche ai più felici ingegni.

Silio Italico fece, come Virgilio, intervenire gli dei nel suo poema. Ma il soggetto era la seconda guerra cartaginese; e Annibale e Scipione non avevano parenti nell'Olimpo, come Enea e Turno. Non erano eroi misti con gli dei, ma generali e uomini di stato di due repubbliche. E si pensi che effetto potesse fare, anche a lettori gentili, ma che avevano Livio e Polibio, il dio Marte che, entrato in persona nella battaglia del Ticino, copre col suo scudo il giovine Scipione; e gli parla dal suo cocchio in aria; e Giunone che, per sottrarre Annibale vivo dal campo di Zama, gli manda incontro una fantasima in figura di Scipione, la quale fuggendogli poi davanti, lo tira fuori della battaglia". Perché Virgilio aveva potuto, con convenienza poetica, far durare l'odio di quella dea contro i profughi da Troia, contro Enea, cugino di Paride, credette Silio Italico di poter resuscitare quell'odio contro i Romani del sesto secolo. E non badò che la pace era fatta da un pezzo; non intese bene quel luogo dell'Eneide, dove Giove le dice: Quae jam finis erit, conjux?... Desine jam tandem... Ulterius tentare velo. E barattata qualche altra parola, Annuit his Juno, et mentem laetata retorsit, Che voleva dire: la novella è finita; vengono tempi e fatti, ne' quali gli dei non si potranno far entrare, che per forza.

Del resto, anche Silio Italico fu tacciato d'essere stato troppo ligio alla storia. Quel solito giudizio, nato dal non riflettere che, quando si cambia la materia, non è così facile conservar la forma; dal supporre che della storia si possa far lo stesso che della favola.

La Tebaide di Stazio e l'Argonautica di Valerio Flacco erano soggetti presi, come l'Eneide, da' secoli eroici; solo ci mancava quel magnifico e perpetuo legame con l'origine, col progresso, con le tradizioni, coi destini d'una società viva e vera, e d'una società come Roma. Che è poco? I racconti fondati sulla mitologia, dopo esser piaciuti come cose credute vere, poterono piacere come una forma speciale di verosimile; ma era un pezzo che la cosa durava. E perché, per noi che abbiamo la sorte di non esser politeisti, «quel maraviglioso (se pur merita tal nome) che portan seco i Giovi e gli Apolli, e gli altri numi de' Gentili, è non solo lontano da ogni verisimile, ma freddo ed insipido e di nessuna virtù», non bisogna credere che per i politeisti dovesse essere una fonte inesausta di curiosità e di piacere. E d'uno di loro quel lamento:

Expectes eadem a summo minimoque poeta .

Dove potevano dunque i poeti latini trovare oramai degli argomenti per l'epopea, quando la storia non poteva dirsela con la mitologia, e la mitologia senza la storia non era più altro che una novella vecchia? La pianta era morta, dopo aver portato il suo fiore immortale.

Venendo alla letteratura moderna, troviamo subito un altro poema immortale, ma di tutt'altro genere, e per la materia e per la forma. Certo, non si può dire lo stesso affatto del Furioso, il soggetto del quale è di questo mondo, e di tempi storici. Ma, come ognuno sa, un concetto favoloso di que' tempi era diffuso e accettato da un pezzo, e diventato materia usuale di poemi. Quindi l'Ariosto non ebbe ad affrontar la storia: non faceva altro che continuare una favola. La quale non poteva regnare ancora per molto tempo, ma regnava ancora abbastanza per potere aver da lui il suo primo e ultimo capolavoro .

Il primo poema che comparve con intento e in forma d'epopea classica insieme e storica, fu l'Italia Liberata del Trissino .

E in verità, non si saprebbe intendere come mai un tal lavoro abbia potuto acquistar fama presso i contemporanei, e conservarla presso i posteri, se non si conoscesse la cagione speciale d'un tal fenomeno. Per quanto, al tempo del Trissino, la poesia italiana avesse presa, e già percorsa a gran passi una strada diversa da quella segnata dai classici dell'antichità greca e latina, c'era, insieme con l'ammirazione per i gran poeti volgari, come li chiamavano, una persuasione che la vera e unica perfezione dell'arte non si trovasse se non nell'opere di quell'antichità. Pareva di vedere nella nova poesia tanti vacui, quante erano le specie di composizioni poetiche, di cui quell'antichità aveva tramandati degli esemplari. Lo studio crescente della letteratura latina, gli avanzi sepolti che se ne andavano scoprendo di mano in mano, la piena dell'opere greche, entrata dopo la presa di Costantinopoli, avevano accresciuto a dismisura il desiderio di veder riempiti que' vacui. Il Trissino venne avanti coraggiosamente, e ne riempì due, e non de' più piccoli certamente. Diede alla letteratura moderna la prima tragedia regolare: la Sofonisba, e il primo poema regolare: l'Italia Liberata. E se l'Ariosto non gli rubava le mosse, le avrebbe data anche, coi Simillimi, la prima commedia regolare in versi: tanto era lesto! Se, con quella vena d'invenzione, di stile e di verso, avesse scritto un poema cavalleresco, è da credere che non solo questo non avrebbe ottenuta la celebrità popolare di cui godettero, per qualche tempo, l'Amadigi di Bernardo Tasso, e il Giron Cortese di Luigi Alamanni, e qualche altro; ma che si sarebbe perso, sul nascere, tra i meno osservati. Ma l'Italia Liberata faceva le viste di soddisfare un desiderio, di compir quasi un dovere della nova poesia; e ottenne perciò il titolo di poema epico: titolo che gli è rimasto, senza che ne venga obbligo di lettura, a un di presso come vari principi hanno conservati de' titoli di reami o persi o pretesi, senza che ne venga obbligo d'ubbidienza. Quel poema, giacché non si saprebbe che altro nome dargli, non fece fare all'epopea storica, riprincipiata con lui dopo un così lungo intervallo, né un passo avanti, né un passo indietro: e il solo fatto d'esser venuto il primo gli ha mantenuta e gli mantiene una sterile celebrità. Non c'è quindi bisogno di parlarne più in particolare.

Nel piccol numero de' celebri poemi epici è rimasta ugualmente, ma per tutt'altro titolo, e con tutt'altro onore, la Lusiade del Camoëns, venuta alla luce circa mezzo secolo dopo. Questo poema è, per dir così, doppiamente storico, perché, oltre il luogo che ci occupa la storia che è la materia prima del soggetto, il poeta ne ha dato altrettanto o più alla storia d'altri tempi. L'azione principale è la spedizione di Vasco de Gama; ma il soggetto, dirò anche qui, ulteriore del poema è il Portogallo; come Roma lo era dell'Eneide. Ma né la storia portoghese, né alcun'altra di popoli moderni, è tale che un poeta possa, con de' cenni, richiamarla tutta al pensiero, o trascorrerne le diverse parti, toccando sempre cose e grandi e note, come fece Virgilio con la romana. E quindi, per essere, come lui, per quanto era possibile, poeta continuamente e grandiosamente nazionale, non trovò il Camoëns miglior mezzo, che di trasportare per disteso nel poema la storia del suo paese: quella anteriore al momento dell'azione, in un racconto di Vasco de Gama a un re affricano; la posteriore, in una predizione. Novo e singolare ripiego della prepotente storia, per cacciarsi nell'epopea, anche dove non era chiamata dall'azione principale. Però, che dico prepotente? che dico cacciarsi? Non fa altro che ritornar sul suo.

Ma alla fine, mi sento dire, alla fine bisognerà pure che arriviate a un altr'uomo e a un altro poema. Quest'epopea, che non è più l'epopea spontanea d'Omero, e neppure la favolosa di Virgilio; quest'epopea storica, fondata secondo voi, da Lucano, riformata da Silio Italico, e resuscitata dal Trissino, quest'epopea, l'assunto della quale, sempre secondo voi, repugna apertamente alla scienza e allo spirito del tempo presente, ha prodotta la Gerusalemme Liberata, cioè un lavoro che è, da quasi tre secoli, ammirato e gustato dai dotti e dalle persone colte non solo d'Italia, ma del mondo, meno poche eccezioni, qualcheduna insigne bensì, come sarebbe il Galileo ma sempre eccezione.

E così? Dicendo dianzi, che l'epopea cavalleresca era morta, abbiamo noi negato che il Furioso le sopravviva? Il Tasso medesimo, prescrivendo che «il soggetto del poema eroico si prenda da storia di secolo non molto remoto» , intese forse di levar dal numero de' poemi vivi l'Eneide, il soggetto della quale è preso da tempi favolosi, cioè molto remoti anche per Virgilio? No, davvero: non parlava di ciò che si fosse potuto fare in passato, ma di ciò che si potesse far di novo. Così, dall'avere il pubblico europeo mantenuta in grand'onore la Gerusalemme, non mi par che si possa concludere che abbia voluto mantenere in attività l'epopea. Anzi mi par di vedere che, dopo la Gerusalemme, abbia proibito severamente di far più poemi epici.

Mi si domanderà dove ho trovata questa proibizione.

Rispondo che ci sono due maniere di proibire: una diretta e una indiretta; per esempio que' dazi enormi che fanno passar la voglia (a parte il contrabbando) di comprar le merci sulle quali sono imposti. E qualcosa di simile mi pare che avvenga nel caso di cui parliamo. S'è fatto del poema epico un'opera sovrumana, una cosa che, a tutto rigore, assolutamente, non è impossibile, ma che non bisogna mai aspettarsi di veder realizzata di novo. Che molti e molti scrivessero componimenti poetici di qualunque altra specie, nessuno se n'è mai maravigliato; che anche uno tenti di fare un componimento d'una specie nova, e sia pure del genere narrativo, non pare strano. Ma che uno si proponga di scrivere un poema epico, proprio un poema epico, nella stretta significazione del termine, è una cosa che non si crede subito. Pare quasi la promessa d'un miracolo, una mira spinta al di là del possibile. Gli amici stessi del poeta se ne sgomentano, e quasi l'abbracciano con le lacrime agli occhi, come se andasse alla scoperta di terre incognite a traverso di mari indiavolati, a un'impresa più ardua e più pericolosa di quelle che si propone di descrivere, che so io? a un combattimento con degli esseri soprannaturali.

E, certo, i lavori poetici segnalati sono una cosa rara e difficile, come tutti i lavori segnalati, ma se non s'intende (e, certo, non s'intende) che la difficoltà nasca dalla lunghezza materiale del componimento, non vedo bene il perché questo deva essere così unico per la difficoltà, anche tra i segnalati. «Non c'è quasi una novelletta, in cui gli avvenimenti non siano meglio distribuiti, preparati con più artifizio, congegnati con un'industria mille volte maggiore, che ne' poemi d'Omero», disse il Voltaire. E l'espressione può parere esagerata;

ma credo che la sentenza parrà vera in fondo, soprattutto se si applichi ai romanzi de' quali è venuta una così gran piena dopo che furono scritte quelle parole, e specialmente a que' pochi che sono rimasti celebri. Ora, quel congegno degli avvenimenti, quel subordinarne molti al principale, legandoli insieme tra di loro, è appunto ciò che nel poema epico si riguarda come la cosa più difficile e quasi miracolosa. Il rimanente dipende da altre facoltà, le quali, a chi mancano, bona notte; chi le ha avute in dono dal cielo, non si vede il perché non le possa adoprar così felicemente nel poema epico come in altri componimenti. Inclinerei dunque a credere che quest'opinione d'una difficoltà specialissima della cosa nasca da un sentimento che si ha in confuso del difetto intrinseco della cosa medesima. Si chiama il poema epico un problema di soluzione inescogitabilmente difficile, perché si sente che è la quadratura del circolo. Si dice: come farà la natura a produrre un uomo capace di rappresentare epicamente un grand'avvenimento? Quello che si pensa in nube è: come farà un uomo a rappresentar bene un grand'avvenimento, travisandolo?

Il Voltaire citato dianzi farebbe rammentare, se ce ne fosse bisogno, al lettore e a me una trasgressione fortunata di quel divieto, l'Enriade; la quale e ottenne, al suo apparire, un applauso quasi universale, e conserva ancora un'universale celebrità. Ma questo poema è appunto ciò che si potrebbe desiderar di meglio per conoscere quanto la difficoltà fosse cresciuta a quel tempo, e a quali espedienti abbia dovuto ricorrere il poeta, per darsi a intendere di superarla. Apro dunque l'Enriade, e trovo, prima dell'Enriade, un'Idea dell'Enriade, e una Storia compendiosa degli avvenimenti sui quali è fondata la favola del poema; e dopo il poema, una lunga filza di note storiche, e per di più un Saggio sulle guerre civili di Francia. Il Tasso biasima in qualche poeta del suo tempo qualcosa di molto meno, e per un'ottima ragione. «Perfettissima d'ogni parte è quella favola,» dic'egli, parlando dell'Iliade, «e nel seno della sua testura porta intiera e perfetta cognizione di sé stessa, né conviene accattare estrinseche cose, che la sua intelligenza ci facilitino. Il qual difetto si può per avventura riprendere in alcun moderno, ov'è necessario ricorrere a quella prosa, che dinanzi per sua dichiarazione porta scritta; perocché questa tal chiarezza, che si ha dagli argomenti, e da altri sì fatti aiuti non è né artificiosa, né propria del poeta, ma estrinseca e mendicata.»

Egregiamente; ma il punto sta nel non aver bisogno di simili aiuti. Certo, non aveva bisogno Omero d'accattare né schiarimenti né attestati dalla storia, poiché la faceva lui. La Memoria era il suo mallevadore; e quella, bastava invocarla sul principio e, per un di più, ogni tanto. Non n'aveva neppure bisogno Virgilio, quantunque il caso fosse molto diverso. Le cose che raccontava non gli potevano, è vero, esser credute; non faceva lui la storia; ma non c'era, di quelle cose, una storia ch'egli potesse citare, né che dovesse temere. E senza dubbio, anche al tempo del Tasso, c'era molto ma molto meno bisogno di tali aiuti, di quello che ce ne fosse al tempo del Voltaire. Il desiderio della verità positiva non poteva essere severo e fastidioso co' Poeti, quando era di così facile contentatura con gli storici, quando la poesia conservava ancora tanta parte di dominio nella storia medesima. Infatti l'origini, in tanta parte poetiche, delle nazioni e degli stati erano ancora raccontate con sicurezza, e accettate con docilità. E anche per i fatti meno remoti, il trovarli verosimili bastava per lo più e agli scrittori e ai lettori di storie, per non andar a cercare se fossero poi anche sufficientemente attestati. E, malgrado alcune proteste già antiche, non parevano fuor di luogo le parlate messe dagli storici in bocca ai loro personaggi: ché, in quel momento, li facevano proprio diventare loro personaggi alla maniera de' poeti.

Credo che tutto questo non abbia bisogno di prove; ma mi si permetta di citarne un esempio notabile, d'un tempo alquanto anteriore, ma non tanto che, per questa parte principalmente, si possa considerare come un tempo diverso. Il Machiavelli, osservatore così vigilante e così profondo (quando però non prende per regola suprema de' suoi giudizi e de' suoi consigli l'utilità: regola iniqua e assurda, che è tutt'uno; e con la quale, per conseguenza, non c'è ingegno che possa andar al fondo di nulla), il Machiavelli, ne' suoi Discorsi sopra T. Livio, tra tante e così varie osservazioni, non ne fa, se non m'inganno, una sola di critica storica. Eppure, volendo dedurre i suoi ammaestramenti da' fatti, pare che la verità de' fatti dovess'essere per lui una condizione preliminare, non solo importante, ma indispensabile. Di più, prende per testo, ogni volta che gli venga in taglio, de' luoghi delle parlate di Livio, né più né meno che i luoghi dove Livio racconta. Anzi arriva a prenderne per testo uno dove lo storico, più poeta che mai, descrive de' movimenti interni dell'animo. Nel celebre capitolo sulle congiure, parlando de' «pericoli che si corrono in su la esecuzione», dice: «E che gli uomini invasino e si confondino, non lo può meglio dimostrare T. Livio quando descrive d'Alessameno Etolo (quando ei volle ammazzare Nabide Spartano) che venuto il tempo della esecuzione, scoperto ch'egli ebbe a' suoi quello che s'aveva a fare, dice T. Livio queste parole: Collegit et ipse animum, confusum tantae cogitatione rei.»

Nessuno s'immagina sicuramente che noi vogliamo dire che il Machiavelli prendesse per fatti positivi tutto ciò che trovava nel suo autore. E, del resto, dicendo: non lo può meglio dimostrare T. Livio, usa il linguaggio che avrebbe potuto usare ugualmente, se avesse citato un apologo; come, citando le parlate, ora dice, per esempio: «Annio loro pretore disse queste parole», ovvero: «io voglio addurre le parole di Papirio Cursore»; ora: «il nostro istorico gli mette in bocca queste parole», ovvero: «si può notare per le parole che Livio gli fa dire». Ma è appunto questa indifferenza per la realtà positiva de' fatti storici, questo correre con la mente a ciò che possano aver di notabile come meramente verosimili, e fermarsi lì; è questo che abbiamo voluto notare in un uomo tale, come un saggio insigne d'una disposizione comune. Disposizione che, non essendo ragionevole, non poteva esser perpetua, e che, al tempo del Voltaire, era tanto diminuita, da costringerlo a mettere, per meno male, tutti que' puntelli storici al suo edifizio poetico.

Volevo aggiungere che, a un certo tempo, il Tasso medesimo, diede segno, in un'altra maniera, di sentire più di prima quelle incomode esigenze della storia, poiché nella Conquistata ne fece entrare molto più di quella che ne avesse messa nella Liberata. Ma, riflettendo che la proposizione parrebbe scandalosa, e che mi si direbbe, non senza sdegno, che è un levare il rispetto a un grand'uomo il prender sul serio una sua aberrazione; che è quasi un farsi complice delle critiche sciocche e insolenti, alle quali quell'uomo, tormentato, portato fuori di sé, sacrificò l'ispirazioni del suo ingegno, lascio la mia osservazione nella penna, e seguo tacitamente a dire tra me:

Non furono sicuramente le critiche altrui, che mossero il Tasso a dare un maggior posto alla storia nel suo secondo poema; poiché la critica che gli facevano su questo punto (spropositata davvero, ma qui non importa) era in vece: «Che la Gerusalemme Liberata è mera istoria senza favola», e Bastiano de' Rossi, suo principale avversario in quella guerra, degna purtroppo dell'Italia di quel tempo, gli oppone che: «Il poeta non è poeta senza l'invenzione; però scrivendo istoria, o sopra storia scritta da altri, perde l'essere interamente». Dunque la cosa è nata da tutt'altra cagione. E posso ingannarmi, ma deve esser nata da questo, che, avendo il Tasso presa quell'infelicissima determinazione di rifare il suo poema; e dando una ripassata alle cronache della crociata, per vedere a buon conto se qualcosa ci fosse da ritoccare anche riguardo alla storia, la storia abbia prodotto il suo effetto naturale, che è di parer più a proposito dell'invenzione, quando la materia è sua, e non dell'invenzione. E non gli si poteva dire: vattene in pace, ché la tua parte l'hai avuta; perché la parte che la storia deve avere in un Poema, o piuttosto la parte che si possa dare all'invenzione in un avvenimento storico, non era stata determinata al tempo del Tasso, come non lo fu dopo. Ne' Discorsi dell'arte poetica, scritti un pezzo prima, il Tasso aveva detto: «Lasci il nostro epico il fine e l'origine della impresa, e alcune cose più illustri nella loro verità, o nulla o poco alterata, muti poi, se così gli pare, i mezzi e le circostanze, confonda i tempi e gli ordini dell'altre cose, e si dimostri in somma più artificioso poeta, che verace storico.» E che più tardi gli sia parso che «alcuna parte dell'azione più illustre era tralasciata nella prima» favola della Gerusalemme, formata con una tal norma, non trovo che ci sia punto da maravigliarsene. Chi mai, prendendo per misura d'un giudizio oggetti così indeterminati e nebbiosi, come: alcune cose, e o poco o nulla, e motivi così arbitrari e arrendevoli, come: se così gli pare, e l'esser più poeta che storico; chi mai, dico, potrebbe esser sicuro di portar due volte lo stesso giudizio su una stessa cosa? Perciò, quando il Tasso, diventato (per sua disgrazia) autore della Conquistata, dice: «Io, in quel che appartiene alla mistione del vero col falso, estimo che il vero debba aver la maggior parte, sì perché vero dee esser il principio, il quale è il mezzo del tutto; sì per la verità del fine, al quale tutte le cose sono dirizzate», non trovo certamente in queste parole una norma più applicabile della prima, giacché il dire: la maggior parte non dà un'idea più distinta che il dire: alcune cose; ma ci vedo l'imbroglio dell'assunto, e non l'aberrazione d'un uomo.

Dunque si parlava dell'Enriade e della prosa che ci attaccò l'autore, dimanieraché questa volta la storia, non solo occupò un maggior posto nell'epopea, ma s'accampò anche di fuori. E cosa contiene questa prosa? Relazioni di cose antecedenti o concomitanti, che non potevano entrar nel poema, ma ch'erano necessarie per intenderlo bene; citazioni di storie, di memorie, di lettere, per avvertire il lettore, che il tale e il tal altro fatto cantato nel poema, è un fatto davvero, discussioni in forma, quando i fatti sono controversi, vite compendiose di questo e di quel personaggio, per dimostrare che ciò che gli si fa dire o fare nel poema, s'accorda col suo carattere, e con le sue azioni reali; e cose simili.

Certo, quest'autore aveva qui, come quasi in tutti i suoi scritti e in verso e in prosa, anche degli altri fini; o piuttosto quel suo perpetuo e deplorabile fine di combattere il cristianesimo. E non è da dire come ci lavorasse, in un argomento dove gli orrori commessi col pretesto del cristianesimo gli davano un pretesto più specioso per accusarlo, e un mezzo più facile (per disgrazia sua e altrui) di renderlo odioso. Ma, indipendentemente da quest'uso speciale che il Voltaire poté fare di quegli aiuti storici, fu egli un suo capriccio il ricorrere ad essi? Non fu altro che la conseguenza dell'aver fatta entrare molta storia nel poema: come questo era una conseguenza della mutata condizione de' tempi, del non poter più i lettori veder nella storia un semplice mezzo per farne qualcos'altro. Fu perché l'autore non trovava un miglior espediente (e n'avreste voi trovato un altro da suggerirgli?) per far conoscere la verosimiglianza speciale delle sue invenzioni col soggetto a cui le attaccava.

Certo, era più semplice, più facile e soprattutto più conveniente all'arte quello che Orazio suggeriva al poeta del suo tempo (poeta epico o tragico, qui non fa differenza): «Attienti alla fama» . Ma glielo poteva suggerire perché nello stesso tempo gli proponeva de' soggetti come Achille, Medea, Ino, Issione, Io, Oreste: soggetti mitologici, che vuol dire e notissimi, e intorno ai quali non c'era, al di là di quella notizia comune, né molto né poco di positivo, di verificabile, da potersi conoscere. C'erano bensì alcuni che ne sapevano di più; ma cos'era questo di più? Una maggior quantità d'invenzioni arbitrarie, e, per una conseguenza naturalissima, varie e discordi. L'erudizione, in quella materia, non era, né poteva essere altro che un accumulamento di cose la più parte diverse e opposte. Mancava la ragione dello scegliere tra tante attestazioni contradittorie, cioè la prevalenza dell'autorità: non solo una prevalenza reale, ma una apparente a segno di poter essere accettata generalmente dai dotti, e di poter conseguentemente indurre nel pubblico l'opinione, che, oltre quello che ne sapeva il pubblico, ci fosse qualcosa da saper veramente. Ciò che c'era di più omogeneo e, dirò così, di più uno in quella materia, era appunto la notizia comune, la fama; val a dire poco sopra ogni soggetto; e un poco altrettanto capace d'aggiunte arbitrarie, quanto incapace di positive. E quindi, per giudicare, e per giudicar francamente e speditamente della verosimiglianza relativa delle nove invenzioni col soggetto, il lettore, o lo spettatore, aveva già nella mente bell'e preparato l'altro termine del confronto . Quindi nulla di più adatto a quelle circostanze, del precetto, o piuttosto, del suggerimento d'Orazio; giacché, in fatto d'arte, un precetto non può esser altro che l'indicazione d'un mezzo. Ma avrebbe il Voltaire potuto servirsi e contentarsi d'un tal mezzo? Cosa gli somministrava la fama, per comporre un'Enriade che non paresse una novella indegna del soggetto e del secolo? Senza dubbio, il pubblico sapeva qualcosa d'Enrico IV, di Caterina de' Medici, della Lega, dell'assedio di Parigi; ma sapeva che se ne poteva sapere molto di più; e a questo si rivolgeva, o volere o non volere, la sua aspettativa, ogni volta che quel soggetto gli fosse messo davanti, in qualunque forma. Chi avesse voluto tessere una tela poetica di verosimili su quel solo e magro ordito della cognizione comune di quel complesso d'avvenimenti, avrebbe delusa miserabilmente una tale aspettativa. Sarebbe, parsa, e sarebbe stata (in questa parte, ben inteso) una continuazione dell'epopea di Chapelain, del P. Lemoine, di Desmarets e di Scudéri . Ecco dunque il poeta ridotto a somministrar lui medesimo al lettore la materia di confronto necessaria per giudicare della verosimiglianza speciale delle sue invenzioni. E perché questo non si poteva fare nel contesto stesso del poema, eccolo ridotto a uscirne fuori, per asserir formalmente e provare e discutere, co mezzo di quella ch'egli chiamò più d'una volta la vile prosa.

Prendo dall'Enriade l'occasione d'osservare un altro grand'impiccio dell'epopea storica, voglio dire il maraviglioso soprannaturale.

Ci deve o non ci dev'essere questo maraviglioso in un poema epico? Questione stata sciolta più volte, ma ne' due sensi opposti.

E non so se alcuno o de' poeti o de' critici che nella Poetica d'Aristotele credevano doversi trovare, se non tutte, almeno le più importanti norme dell'arte, abbia notato il silenzio assoluto del maestro su questo punto così importante per loro. Silenzio che ad essi doveva parere strano, e che parrà naturalissimo a chi pensi che, quando Aristotele scriveva, la questione non era ancora nata, né forse si poteva prevedere. Aristotele parla dell'epopea omerica, dell'epopea praticata e conosciuta al suo tempo, di quella che prendeva i soggetti dai secoli eroici: soggetti nei quali il maraviglioso era innato. Era quindi per Aristotele una cosa sottintesa. Fu dall'aver l'epopea presi per soggetto avvenimenti di tempi storici, ch'ebbe origine questa questione, la quale non pare che voglia aver fine. Da una parte, si dice che, senza il maraviglioso, il poema non può essere che o una storia versificata, o una storia alterata senza ragione, perché dov'è la ragione di mutar le cause e le circostanze naturali e vere d'un avvenimento, per metterne in vece dell'altre, ugualmente naturali, ma false? Si dice dall'altra, che, in mezzo a fatti noti o conoscibili, de' falsi prodigi paiono inevitabilmente eterogenei, come sono. Bone ragioni l'una e l'altra, diremo anche qui; ma bone a impedire e non a aiutare; dimanieraché l'epopea storica può dire al maraviglioso, come Marziale a quell'uomo d'umore variabile: «Non posso vivere né con te, né senza di te». Dopo diciotto secoli, si trova ancora ai bivio che incontrò ne' suoi primi passi: o privarsi del maraviglioso, con Lucano; o riceverlo per forza, con Silio Italico. Senonché (ed è una cosa che giova ripetere) chi era poeta poté, seguendo o l'una o l'altra strada, dare delle prove accidentali del suo valore. Così doveva essere del Voltaire; il quale nel suo poema introdusse il maraviglioso, o piuttosto due specie di maraviglioso, il cristiano e l'allegorico. Ma non credo d'esprimere una mia opinione particolare dicendo che, quantunque abbelliti da immagini e vive e appropriate, e da sentenze e gravi e pellegrine (quando sono giuste), e il tutto in versi quasi sempre belli, e non di rado singolarmente belli, l'effetto che fanno, come parte dell'azione, è languido e stentato, e quasi di gente estranea e indifferente, che bisogna chiamar di novo ogni volta che si vuol farcela entrare.

Il Voltaire che, come poeta, si servì del maraviglioso, opinò, come critico, che si potesse farne di meno, e, da quel che mi pare, non senza contradirsi. Cosa non punto strana, perché dove, in vece d'una massima certa, ci sono due opinioni probabili, può facilmente accadere che all'uomo medesimo piaccia di più ora l'una, ora l'altra. «Virgilio e Omero, dic'egli, fecero benissimo a mettere in scena le divinità. Lucano fece ugualmente bene a farne di meno. Giove, Giunone, Marte, Venere, erano ornamenti necessari all'azione d'Enea e d'Agamennone. Poco si sapeva di quegli eroi favolosi... Ma Cesare, Pompeo, Catone, Labieno, vivevano in tempi ben diversi da quelli d'Enea.»

E Enrico IV, Mayenne, Potier e Mornay?

«Le guerre civili di Roma», aggiunge, «erano una cosa troppo seria per tali giochi d'immaginazione.»

E le guerre civili di Francia?

Si dirà egli, che queste parole, applicate dal Voltaire alle divinità mitologiche, non possono convenire al soprannaturale cristiano? Rispondo che al soprannaturale non rivelato, ma inventato da un poeta, convengono né più né meno.

Più notabile, per un altro riguardo, è ciò che dice poco dopo:

«Quelli che prendono i cominciamenti d'un'arte per i princìpi dell'arte medesima, sono persuasi che un poema non potrebbe stare senza divinità, perché l'Iliade n'è piena. Ma queste divinità sono così poco essenziali al poema, che il passo più bello che si trovi nella Farsalia, e forse in qualunque poema, è il discorso col quale Catone, quello stoico odiatore delle favole, rifiuta sdegnosamente di visitare il tempio di Giove Ammone.»

Ognuno vede qual sia la forza di questo ragionamento: si potevano dire delle bellissime cose in disprezzo del politeismo, dunque il poema può stare senza il maraviglioso. Ma ciò che volevamo notare particolarmente, è quel riguardare l'epopea storica, non solo come una continuazione (era l'opinione comune), ma come un progresso dell'epopea primitiva, essenzialmente mitica. Come se quella che voleva esser la storia, e ch'era infatti presa per storia, e quella che, senza ottenere né chieder fede, contraffà una storia, fossero la stessa arte, perché la seconda ha imitate delle forme estrinseche della prima. Sarebbe un'arte di novo genere quella che, cominciata senza princìpi, li trovasse poi col cambiar l'intento e l'effetto, conservando delle forme estrinseche. E non sempre ciò che vien dopo è progresso.

C'è un'altra specie d'epopee, nelle quali può parere a prima vista, che il soprannaturale sia a suo luogo; cioè quelle i di cui soggetti sono presi dalla Storia sacra. Ma basta questo per far riflettere che soggiacciono anch'esse, quantunque in un'altra maniera, allo stesso inconveniente dell'altre. Sono rifacimenti d'una storia; e storia nel senso più stretto, e più sdegnoso. Non è il soprannaturale intruso nel soggetto; ma è l'invenzione intrusa nel soprannaturale. Un, direi quasi, istinto rispettoso e sommamente ragionevole ci avverte che, nelle manifestazioni straordinarie della volontà e della potenza divina, la mente umana non arriva a trovare una regola del verosimile, come la trova nel corso naturale delle cose, e nelle determinazioni della volontà umana. Gli squarci mirabili che si trovano nel Paradiso Perduto, e la virtù poetica che ci si fa sentire quasi per tutto, non possono fare che non produca l'effetto d'un'interpolazione perpetua. E anche la Messiade ha de' pregi non volgari, e singolarmente quell'unione non infrequente del tenero e del sublime, che produce una commozione indistinta, e tanto più gradevole. Ma è un soggetto, quanto inesauribilmente fecondo d'applicazioni, altrettanto inaccessibile alle aggiunte.

Termino qui questi cenni sull'epopea, per passare alla tragedia; intorno alla quale avrò ancora meno a trattenermi. E s'intende che non si tratterà se non della tragedia storica, e in quanto storica.

Gl'inconvenienti che nascono in essa da ciò, differiscono e nel modo e nel grado, da quelli dell'epopea, per cagione d'una differenza essenziale nella forma de' due componimenti. La tragedia non adopra, come l'epopea, un istrumento medesimo e per la storia e per l'invenzione, quale è il racconto. La parola della tragedia non ha altra materia, dirò così, immediata, che il verosimile. I discorsi che lo Shakespeare, il Corneille, il Voltaire, l'Alfieri, mettono in bocca a Cesare, è tutta fattura poetica, l'azioni che Lucano racconta di Cesare, possono essere o inventate o positive. Quindi, nel poema la parola può produrre, ora un effetto poetico, ora un effetto storico; o, non riuscendo a produrre né l'uno né l'altro, rimanere ambigua. Nella tragedia è sempre la poesia che parla; la storia se ne sta materialmente di fuori. Ha una relazione col componimento, ma non ne è una parte .

La rappresentazione scenica poi accresce non poco l'efficacia della parola, aggiungendoci l'uomo e l'azione. E qui fa al nostro proposito l'osservare (cosa, del resto, degna d'osservazione anche per sé) come questi oggetti presenti al senso, non solo non disturbino, con l'impressione della loro realtà, l'effetto della verosimiglianza pura voluto dall'arte, ma lo secondino e lo rinforzino. La ragione è che tali realtà non operano che come meri istrumenti dell'azione verosimile, e come tali le prende lo spettatore. Infatti, se un attore, nell'atto della rappresentazione, fa o dice qualche cosa che si riferisca alla sua persona reale o alle circostanze di essa, offende lo spettatore, trasportandolo alla considerazione di quella realtà. E cosa vuol dire questo avvedersene ed esserne offesi, se non che prima se ne faceva astrazione? E di qui viene che quanto più un attore par che faccia naturalmente, e quanto più commove, tanto più concentra la mente dello spettatore nel mero verosimile; quanto più gli rende presente l'uomo della favola, l'uomo o colpito dalla sventura, o accecato dalla passione, o minacciato da un pericolo ignoto a lui, tanto più gli sottrae, per dir così, e gli fa scomparir davanti la sua propria e reale personalità. Ed è la massima lode che si dia a un attore: era ciò che si voleva dire quando si diceva, per esempio, che Garrick era Hamlet, che Lekain era Orosmane. Non è la realtà presente, ma ordinata e subordinata al verosimile, quella che ne possa disturbar l'effetto; è la realtà storica, indipendente dal verosimile, e dalla quale il verosimile deve dipendere; la realtà storica, conosciuta o anche semplicemente conoscibile, e assente bensì dal senso, ma compenetrata col soggetto.

Il vantaggio essenziale della forma, quest'altro vantaggio secondario, ma considerabile, e altri ancora più secondari, che non importa qui di rammentare, fanno che la tragedia possa, meglio del poema epico, schermirsi dalla storia.

Ma ho detto schermirsi, e aggiungo: cedendo sempre qualcosa, perché, anche da fuori, la storia riesce a farsi sentire, e a far valere le sue pretensioni. La relazione estrinseca, ma essenziale, che la tragedia storica ha con essa; e l'obbligo che ne nasce di trovare de' verosimili che siano tali relativamente al soggetto preso dalla storia, doveva produrre, e ha prodotti nella tragedia i medesimi inconvenienti, che nell'epopea: meno frequenti e meno sensibili, è vero; ma ugualmente crescenti con l'andar del tempo. E a metterli in chiaro, nulla potrebbe servir meglio degli argomenti ai quali è dovuto ricorrere un gran tragico, per veder di levarli.

«La questione» dice Pietro Corneille, «se sia lecito far de' cambiamenti ai soggetti presi o dalla storia o dalla favola, pare decisa in termini abbastanza formali` da Aristotele, quando dice che non si devono cambiare i soggetti ricevuti, e che Clitennestra dev'essere uccisa da Oreste, e Erifile da Alcmeone. Questa sentenza però può ammettere qualche distinzione e qualche temperamento. È certo che le circostanze, o, se par meglio, i mezzi d'arrivare ai fatto rimangono in nostro arbitrio: la storia spesso non ce li dà, o ne dà così poco, che è necessario di supplir con dell'altro, per render compito il poema, e si può anche presumere con qualche apparenza, che la memoria dello spettatore, il quale abbia lette altra volta queste circostanze, non l'avrà ritenute così fortemente, da farlo avvedere del cambiamento, abbastanza per accusarci di menzogna, come farebbe senza dubbio, se ci vedesse cambiare l'azione principale.»

Così, mentre la tragedia antica si fondava sulla cognizione che lo spettatore doveva aver de' soggetti, la moderna è costretta a fare assegnamento sulla dimenticanza.

Aiuto infelice; giacché non pare che deva esser bon segno in un'arte l'aver paura della cognizione. E aiuto, non solo incerto, ma precario; giacché se lo spettatore che aveva dimenticate le circostanze storiche del soggetto, e poté quindi, alla prima recita, godersi senza disturbo l'invenzioni poetiche; se, dico, uscendo dal teatro con un novo interessamento per quel soggetto, va a rinfrescarsi la memoria nel libro dove aveva lette quelle circostanze, non sarà più, alla seconda rappresentazione, lo smemorato che conveniva al poeta. Aiuto, finalmente, ricorrendo al quale, il Corneille contradice sé stesso; giacché, se le circostanze rimangono nell'arbitrio del poeta, cos'importa che lo spettatore si rammenti o non si rammenti quelle della storia? Ma che? il Corneille medesimo, nell'Esame che aggiunse a' suoi componimenti, tocca più d'una volta l'alterazioni da lui fatte alla storia, e, per giustificarle, o anche per accusarsene candidamente, le manifesta; e leva così di sotto alla tragedia storica quella povera gruccia della dimenticanza altrui, che le aveva data. Darne di tali a un'arte, è un confessare che è diventata zoppa, e dargliele un Pietro Corneille, è un terribile indizio che non ci sia più il verso di rimetterla su' suoi piedi.

Ma perché ebbe egli bisogno di cercar delle distinzioni in un precetto così semplice, de' temperamenti per un precetto così discreto? Perché il precetto riguardava una cosa, e il Corneille, seguendo una consuetudine già invalsa, l'applicava anche a un'altra cosa, e diversissima. Aristotele parla delle favole ricevute , e di queste dice che non si devono alterare; il Corneille paria di soggetti presi o dalla storia, o dalla favola, come se fosse tutt'uno. Ora, applicato alle favole ricevute, il precetto non ha bisogno né di temperamenti, né di distinzioni, poiché quelle non davano, né imponevano altro al poeta, che appunto l'azione principale: Clitennestra uccisa da Oreste, Erifile da Alcmeone. I mezzi e le circostanze rimanevano davvero nell'arbitrio de' poeti. La storia in vece dà, insieme co' soggetti, anche de' mezzi e delle circostanze, che possono non accomodarsi con l'intento dell'arte. Quindi il bisogno di cambiarle, val a dire d'alterare i soggetti coi quali sono, per dir così, immedesimate. Che se la storia non le dà, le lascia desiderare; ma ciò non vuoi dire che un tal desiderio possa essere appagato col mezzo dell'invenzione poetica.

«L'esempio della morte di Clitennestra», aggiunge il Corneille, «può servir di prova alla mia proposizione. Sofocle e Euripide l'hanno trattata tutt'e due, ma con un intreccio e con uno scioglimento differente; e questa differenza fa che il dramma non è lo stesso, quantunque sia uno solo il soggetto, del quale i due poeti hanno conservata l'azione principale.»

E per far questo, ebbero forse bisogno di temperare il precetto? Neppur per idea: l'eseguirono a un puntino, facendo l'uno e l'altro morir Clitennestra per mano d'Oreste; giacché il precetto non richiede nulla di più. O piuttosto prevennero un precetto indicato alla pratica dalle convenienze dell'arte, prima che Aristotele lo promulgasse. E questo potere ognuno inventare, senza inconvenienti, un intreccio e uno scioglimento a modo suo, veniva dal non avere ognuno contro di sé, se non altri intrecci, e altre maniere di scioglimenti. Erano poeti contro poeti, verosimili contro verosimili, non legati ad altro che a fatti e a caratteri, tanto più fecondi per l'invenzione, quanto più digiuni di circostanze obbligate. L'inventarne di nove non era una licenza che i poeti dovessero prendersi; era l'operazione propria della poesia. E a un bisogno l'attesterebbe Aristotele stesso, il quale aggiunge subito: «Tocca poi al poeta a inventare, e a far buon uso delle (favole) ricevute». Dà come una conseguenza naturale del precetto ciò che il Corneille chiede come un temperamento. E quel precetto era in sostanza il medesimo che fu poi espresso da Orazio con le parole: famam sequere .

Del resto, né i temperamenti forzati del Corneille, né i suoi sempre ammirabili capolavori poterono sottrarre la tragedia alle sue perpetue variazioni, e costituirla, per ciò che riguarda le sue relazioni con la storia, in una forma stabile e definitiva.

Per nostra fortuna, o paziente lettore, non c'è bisogno di ripassare tutte quelle variazioni, nemmeno di corsa, come s'è fatto con l'epopea. Qui basterà accennare il fatto attuale, e le sue cagioni prossime. Del tempo intermedio non voglio rammentare altro che una variazione estrinseca, e che non toccava l'essenza stessa della tragedia; ma molto significante. Poco dopo la metà del secolo scorso, non so se un attore o un'attrice francese introdusse una riforma generale nel vestiario, rendendolo conforme all'uso del tempo in cui era finta l'azione. Prima dipendeva, in parte dalla moda corrente, in parte dal capriccio dell'attore, in parte da consuetudini che avevano quelle stesse origini; e ci poteva essere, per un di più, un qualche segno caratteristico, desunto dalla storia. Il Voltaire, non mi rammento in qual luogo, descrive l'attore che, nel secolo di Luigi XIV, rappresentava Augusto nel Cinna, con una gran parrucca, e sopra di questa un gran cappello a gran penne, e le penne lardellate di foglie d'alloro: il rimanente su quel gusto. Ma cosa voleva dir questo? Che gli spettatori erano più disposti di quello che furono poi, a veder nell'attore l'Augusto del poeta, l'Augusto verosimile, senza darsi tanto pensiero dell'Augusto reale della storia. L'introdursi questa fino nelle quinte a sindacare gli attori, ministri nati della poesia, e costringerli a prender le sue divise, era un segno del possesso ch'era andata sempre prendendo sulla tragedia, e un indizio del maggior possesso, che ci voleva prendere.

Infatti, non tardò molto a principiare la rivoluzione drammatica, che vediamo ora vittoriosa. Era allora sentimento quasi unanime de' dotti e delle colte persone d'Europa, che la vera, la bona tragedia, quella che potesse soddisfare il bon gusto, e essere ammessa dal bon senso, era la tragedia nella quale fossero mantenute le così dette unità di tempo e di luogo. Unità, si diceva, proclamate da Aristotele, osservate fedelmente nelle tragedie greche, e soprattutto volute dalla ragione. Se poi Aristotele avesse proposte davvero queste unità; se nelle tragedie greche fossero davvero state osservate; se la ragione non avesse nulla a dire in contrario, non si cercava quasi da nessuno; e a chi ne cercasse, si dava sulla voce . È inutile aggiungere che alla storia quelle regole non convenivano punto. E i tentativi che aveva fatti fino allora, e che andava facendo, per prendere un maggior posto nella tragedia, ottenevano bensì qualcosa: la tragedia, a costo anche di storpiarsi, faceva il possibile, per contentar la storia, ma salve le regole. Si parlava bensì d'un tal Shakespeare, che, o non curandole, o non sapendo neppure che ci fossero, era riuscito a far qualcosa da non esser buttato via. Ma se ne parlava come d'un genio selvaggio, d'un capo strano, con de' lucidi intervalli stupendi: una specie di montagna arida e scoscesa, dove un botanico, arrampicandosi per de' massi ignudi, poteva trovare un qualche fiore non comune. E, del resto, le cose che si citavano di quel grande e quasi unico poeta, erano cavate da que' suoi drammi ne' quali la storia ha meno parte, o non ce n'ha nessuna. Ecco però, che in Germania salta fuori un altro tale, chiamato Goethe, il quale, entrando nella strada del dramma storico, segnata dal genio selvaggio e entrandoci, come accade ai grandi ingegni, senza intenzione e senza paura d'imitare, fa, da' suoi primi passi, prevalere presso la sua nazione la ragione della storia a quella delle due unità. Ma nella Francia, superba, da un pezzo, di poeti che avevano tenuta l'altra strada; nell'Italia, superba d'uno recente era un'altra faccenda. Come! si diceva: le regole alle quali si sono assoggettati un Corneille, un Racine, un Voltaire, un Alfieri, senza parlare degli autori della Merope e dell'Aristodemo, parranno ora un freno incomodo all'ingegno, un ostacolo alla perfezione! Il campo dov'essi hanno fatte le loro gran prove, sarà diventato angusto! Proporre l'abolizione di quelle regole pareva, non so se più una temerità da non tollerarsi, o una sciocchezza da compatirsi. Ma che? la storia, per fare nella tragedia quella grande irruzione che s'era fissata di fare, aveva proprio bisogno d'abbattere quel baluardo e l'abbattè. In Francia, non ne parliamo, e anche in Italia, da quello che sento, lo spettatore non ci patisce, e non si chiama offeso se, nel corso d'una tragedia, vede alzarsi una scena e venir giù un'altra, e se, in quelle tre o quattr'ore di seduta, il poeta pretende di fargli passare davanti alla mente più di quel benedetto giro di sole, nominato così innocentemente da Aristotele.

E si veda come una cosa tenuta indietro per forza, si ricatti, quando gli riesce finalmente di venire avanti. Fino allora i soggetti che nella storia fossero meno particolarizzati, erano parsi i più opportuni alla tragedia, come quelli che lasciavano più campo all'invenzione. Se la storia tace, diceva il poeta, tanto meglio: parlerò io. Ora in vece sono i poeti che, quando i particolari mancano nelle storie propriamente dette, vanno a cercarne in altri documenti, di qualunque genere, affine d'arricchire il soggetto, anzi di formarlo. Ben contenti se riescono a dare del fatto storico da essi rappresentato, un concetto più compito, più contenti ancora, se riescono a darne un concetto novo, e diverso dall'opinione comune. È appunto il contrario del famam sequere; ma come poteva essere altrimenti? È una pretensione troppo contradittoria, il volere che la poesia, per essere efficace, non stia indietro delle cognizioni del tempo, ne secondi, anzi ne prevenga le tendenze ragionevoli, e che non se ne faccia carico, per rimaner più libera.

Accennato il fatto, non mi resta che a fare alcune domande:

C'è egli qualcheduno il quale creda che la tragedia possa tornare a mettersi negli antichi confini, e far di novo a confidenza con la storia, come ha fatto per tanto tempo? O crede qualchedun altro, che, con l'allargare i confini, si sia trovata finalmente la giusta misura della parte che la storia deva avere nella tragedia, e la vera maniera di comporla con l'invenzione? E se ciò non si crede, c'è qualche ragione di credere che questa misura e questa maniera si possano trovare in avvenire?

Risponda e concluda il lettore.

Venendo finalmente al paragone tra l'assunto comune all'epopea e alla tragedia, e l'assunto del romanzo storico, è facile vedere che la differenza essenziale sta in questo, che il romanzo storico non prende il soggetto principale dalla storia, per trasformarlo con un intento poetico, ma l'inventa, come il componimento dal quale ha preso il nome, e del quale è una nova forma. Voglio dire il romanzo nel quale si fingono azioni contemporanee: opera affatto poetica, poiché, in essa, e fatti e discorsi tutto è meramente verosimile. Poetica però, intendiamoci, di quella povera poesia che può uscire dal verosimile di fatti e di costumi privati e moderni, e collocarsi nella prosa. Con che non intendo certamente d'unirmi a quelli che piangono, o che piangevano (giacché la dovrebb'esser finita) quelle età così poetiche del gentilesimo, quelle belle illusioni perdute per sempre. Ciò che ci fa differenti in questo dagli uomini di quelle età, è l'aver noi una critica storica che, ne' fatti passati, cerca la verità di fatto, e, ciò che importa troppo più, l'avere una religione che, essendo verità, non può convenientemente adattarsi a variazioni arbitrarie, e ad aggiunte fantastiche. È di questo che ci dovremo lamentare?

Ho detto: differenza essenziale; infatti, non è, come nell'epopea e nella tragedia (il rispetto dovuto agli uomini celebri, che hanno dato del loro alla cosa, non deve impedire di qualificar la cosa medesima), non è quella finzione grossolana, che consiste nell'infarcir di favole un avvenimento vero, e di più un avvenimento illustre, e perciò necessariamente importante. Nel romanzo storico, il soggetto principale è tutto dell'autore, tutto poetico, perché meramente verosimile. E l'intento e lo studio dell'autore è di rendere, per quanto può, e il soggetto, e tutta l'azione, tanto verosimile relativamente al tempo in cui è finta, che fosse potuta parer tale agli uomini di quel tempo, se il romanzo fosse stato scritto per loro.

Ma (e qui è l'inconveniente comune al romanzo storico con tutte le specie di poesia che inventano sopra un tempo passato) è scritto per degli altri. Mettiamo pure, che all'autore sia riuscito di comporre un racconto che agli uomini di quel tempo sarebbe parso verosimile. Un tale effetto sarebbe allora venuto dai confronto spontaneo e immediato, tra il generale ideato dall'autore, e il reale ch'essi conoscevano per esperienza; mentre, per produrlo in uomini d'un altro tempo, l'autore è ridotto a cercar di supplire all'esperienza con l'informazione, e di mettere, dirò così, in una sola composizione, l'originale e il ritratto. Non c'è il contrasto diretto tra il vero e il verosimile; e è senza dubbio un gran vantaggio; ma c'è ugualmente o la confusione dell'uno con l'altro, o la distinzione tra di essi. Anzi c'è, in proporzioni variabilissime, ma inevitabilmente, e confusione e distinzione, come s'è dimostrato, forse più del bisogno, nella prima parte di questo scritto.

Non c'è però da maravigliarsi che, durando la persuasione che la storia e l'invenzione potessero star bene insieme, sia venuto a un uomo di bellissimo ingegno il pensiero di comporli in una forma nova e più speciosa, e che dava luogo a una molto maggiore abbondanza e varietà di materiali storici. E c'è ancora meno da maravigliarsi che, messa in atto da quell'ingegno così immaginoso, e così osservatore, così fecondo e così penetrante, la cosa abbia prodotto nel pubblico di tutti i paesi colti quell'effetto straordinario che ognuno sa.

Ma basterà quel vantaggio per assicurare al romanzo storico almeno una lunga vita?

È una domanda poco allegra per chi gli vuoi bene. Nelle cose abusive, le correzioni vivono alle volte meno dell'abuso; e non c'è per l'errore nessun posto più incomodo, e dove possa meno fermarsi, che vicino alla verità. Non si può dissimulare che ciò che acquistò nel primo momento più favore a un tal componimento, fu appunto quell'apparenza di storia, cioè un'apparenza che non può durar molto. Quante volte è stato detto, e anche scritto, che i romanzi di Walter Scott erano più veri della storia! Ma sono di quelle parole che scappano a un primo entusiasmo, e non si ripetono più dopo una prima riflessione. Infatti, se per storia s'intendevano materialmente i libri che ne portano il titolo, quel detto non concludeva nulla; se per storia s'intendeva la cognizione possibile di fatti e di costumi, era apertamente falso. Per convincersene subito, sarebbe bastato (ma non sono cose a cui si pensi subito) domandare a se stessi, se il concetto de' diversi romanzi di Walter Scott era più vero del concetto sul quale gli aveva ideati. Era bensì un concetto più vasto, ma a condizione d'essere meno storico. C'era aggiunto un altro vero, ma di diversa natura; e perciò appunto il concetto complessivo non era più vero. Un gran poeta e un gran storico possono trovarsi, senza far confusione, nell'uomo medesimo, ma non nel medesimo componimento. Anzi, quelle due critiche opposte, che ci hanno dato il filo per fare il processo al romanzo storico, erano già spuntate ne' primi momenti, e in mezzo alla voga, come germi di malattie mortali avvenire in un bambino di floridissimo aspetto. E la voga, si mantiene poi sempre uguale? C'è la stessa voglia di far romanzi storici, e la stessa voglia di leggere quelli che sono già fatti? Non so; ma non posso lasciar d'immaginarmi che, se questo scritto fosse venuto fuori un trent'anni fa, quando il mondo aspettava ansiosamente, e divorava avidamente i romanzi di Walter Scott, sarebbe parso stravagante e temerario, anche riguardo al romanzo storico; e che ora, se qualcheduno avrà la bontà d'occuparsene abbastanza per dargli questi titoli, sarà per tutt'altro. E trent'anni dovrebbero essere un niente per una forma dell'arte, che fosse destinata a vivere.